Anita Verkerk

Princess Flirt

Zomer &Keuning

ISBN 978 90 5977 298 4
NUR 340

www.nederlandsechicklit.nl

Omslagontwerp: Julie Bergen
Omslagfoto: Corbis
© 2007 Anita Verkerk/Uitgeverij Zomer & Keuning, Kampen

Dag allemaal,

In **Princess Flirt** hebben Samantha en haar tweelingzussen Merel en Marlies het even helemaal gehad met de mannen. In de trein op weg naar Zwitserland spreken ze daarom af dat ze hun skivakantie lekker hunkvrij gaan houden.
Maar ja, diep in hun hart verlangen de drie meiden toch ontzettend naar liefde en geluk…

Een gloednieuwe chicklit van eigen bodem vol humor en romantiek!

Veel leesplezier!

Anita Verkerk

P.S. Meer weten over mij en mijn publicaties?
Surf naar www.anitaverkerk.nl

Proloog

„Maar ik hou helemaal niet van wintersport! Dat weet je toch onderhand wel? Ik háát kou!" schreeuwde Jorg Molenaars woest.

Hij sprong van de groenleren bank, smeet de kleurige reisgids met een wilde beweging op de grond en sloeg zijn armen strijdlustig over elkaar.

Samantha verschoot van kleur en begon van de zenuwen zo heftig over haar ogen te wrijven, dat alle huilbuibestendige mascara in grote, zwarte vegen op haar wangen belandde.

Oeps!

Ze had natuurlijk best geweten dat Jorg niet zou staan dansen, maar dat hij zo geweldig uit zijn dak zou gaan, had ze niet verwacht.

Ze kuchte wat aarzelend. „Ik eh ... Ik heb eigenlijk misschien al een beetje geboekt."

En het zinsdeel 'eigenlijk misschien al een beetje' kon ze net zo goed weglaten, want ze had de reis een uurtje geleden niet alleen definitief gereserveerd, maar het hele bedrag zelfs al met haar creditcard betaald.

Het was dan ook een super aanbieding geweest, zo'n toppie nu-of-nooit-kans, die ze echt niet had willen missen. Twee weken skiën voor een habbekrats, dat liet je toch niet lopen?

Jorg keek haar met een getergde blik aan. „Geboekt? Hoe kun je dat nou doen? Ik heb me er zo op verheugd om lekker thuis te blijven. Uitslapen, ontbijtje op bed, krantje lezen ..."

Samantha voelde haar mond verstrakken. „Dat kunnen we altijd nog doen. Als we over vijftig jaar in een bejaardencentrum zitten. Dan kun je zo vaak als je wilt spannend gaan biljarten met de andere oudjes."

Jorg keek haar boos aan. „Je zegt het maar af. Ik vertik het om me zo te laten manipuleren."

Samantha beet op haar lip. Hij was echt kwaad. Wat ontzettend balen!

„Maar ik heb zo'n zin om lekker te gaan skiën. Die heerlijke pittige berglucht inademen en na afloop een warm wijntje halen in zo'n knusse bar."

„Zo'n smerig rookhol zul je bedoelen. Waar het ook nog gigantisch stinkt naar natte jassen en zweet," baste Jorg. „Nee dame, doe mij de Bahama's maar. Warm zonnetje, koud biertje, goudgeel strand …"

„De Bahama's? Ja, daar wil ik ook best heen. Had dan wat geboekt."

Jorg liep naar haar toe en keek haar met zijn brandende bruine ogen indringend aan. Maar het was niet bepaald de blik waar ze destijds als een kanonskogel voor gevallen was.

„Samantha Molenaars-van Delden," zei hij bijna dreigend.

Oh help! Als Jorg op de jij-bent-mijn-wettige-echtgenote-toer ging, dan was het wel heel erg mis met hem.

„We hadden afgesproken dat we thuis zouden blijven. Gewoon, lekker, rustig thuis," praatte Jorg op dezelfde toon door.

Samantha knikte zuur. „Met je krantje en je koffie, ja. Maar ik zeg je net dat zoiets meer geschikt is voor hoogbejaarde …"

„Je schijnt niet te begrijpen dat ik het hartstikke druk heb, hè? Ik moet elke dag vroeg op en dan sjees ik de hele tijd van hot naar her. De ene zeurpiet van een dokter na de andere! Ik wil eindelijk wel eens echt VA-KAN-TIE! Gewoon op mijn kont zitten en verder doen waar ik zin in heb."

Er flitste een steekje van ergernis door Samantha's buik. 'Verder doen waar ik zin in heb' betekende in de vertaling van Jorg hetzelfde als: 'We gaan een stevig potje vrijen.'

Oké, daar was zij natuurlijk ook niet vies van, maar om daar nou de hele vakantie aan te wijden, was op zijn zachtst gezegd oervervelend.

Ze ging staan en rekte zich in haar volle lengte uit. Helaas was dat niet lang genoeg om over Jorg heen te kunnen kijken en daarom zei ze zo strijdlustig mogelijk: „Ik wil óók vakantie, en duf op de bank hangen, heeft daar geen hout mee te maken!"

Jorg kruiste zijn armen over zijn borst. „Je gaat maar alleen. Trouwens, we zitten ook nog met Bo."

„Die kan bij mijn ouders. Ik heb ze al gebeld."

Jorg snoof. „De hele wereld is blijkbaar al op de hoogte van onze skivakantie. Behalve ik. Nou, vergeet het maar, dame. Dat bazige gedoe van jou ben ik onderhand spuugzat. Ik ga niet mee. Punt uit!"

Hij draaide zich om en klapte de kamerdeur met een knal achter zich dicht.

Terwijl Jorg mopperend zijn jas stond aan te trekken, klonk er een opgewekt geblaf van boven en hun golden retriever Bo kwam met vier poten tegelijk de trap af denderen.

„Ja, ja, rustig maar," hoorde ze Jorg zeggen. „We gaan uit. Heeft er tenminste nog iémand lol vandaag."

De voordeur knalde open en viel amper drie tellen later met een dreunende klap weer dicht.

„Nou zeg!" Samantha blies haar longen in één keer leeg en liep daarna zuchtend naar de koelkast. Daar schonk ze wat bubbelend mineraalwater bij een restje rood druivensap en dronk het bruisende mengsel op zonder het eigenlijk te proeven.

Hun eerste knallende ruzie na een huwelijk van …

Ze dacht even na.

Negen maanden, vierentwintig dagen en … nog wat uurtjes.

Als je de 'gewone' verwijten over rondslingerende vuile

sokken en geknakte tandenstokers even niet meetelde, hadden ze het eigenlijk nog best lang uitgehouden. Volgens de meidenbladen ging geen enkele verliefdheid langer mee dan een jaar.

Kom op, zeg! Ze moest hier niet meteen een melodrama van maken. Jorg trok wel weer bij. Maar ze kende hem goed genoeg om te weten dat ze het erg moeilijk ging krijgen als ze haar zin wilde doorzetten. Ze kon bij wijze van spreken al haar vrouwelijke verleidingstechnieken in de strijd gooien, van spannende lingeriesetjes tot exotische liefdesdrankjes ... Maar het was de vraag of Jorg bakzeil zou halen. Die was namelijk nog koppiger dan zij ... Dus zat het er dik in dat de geplande skivakantie op een solotripje uit ging draaien.

Ze trok een gezicht. Nou, lekker gezellig. Maar niet heus. Of ...

Zou ze het nog af kunnen zeggen?

Maar ja, er had naast de 'definitief boeken'-knop een waarschuwing gestaan. In felrode letters nog wel.

Let op! Dit is een zeer scherpe aanbieding. Annuleren van deze reis is niet meer mogelijk.

En daarachter had ook nog iets over een verzekering afsluiten gestaan, wat ze gemakshalve maar helemáál niet gelezen had. Ze had zo'n zin gehad om weg te gaan! En het was immers over twee weken al zover. De kreet 'annuleren' had even helemaal niet in haar woordenboek gestaan.

Ze raapte de verkreukelde reisgids van de grond en liep naar de gang waar ze automatisch even bleef staan om haar tong uit te steken naar de slanke jonge vrouw in de spiegel.

„Ben je mooi klaar mee," fluisterde het spiegelbeeld met een verhitte blik in haar groene ogen. Haar halflange, stroblonde haar zat behoorlijk in de war.

Samantha knikte en probeerde met het topje van haar vinger de mascaravlekken van haar wang te poetsen. Het hielp niks.

„Zeker weten van *yes,*" bromde ze. „Behoorlijk balen."

Het spiegelbeeld grinnikte. „Jorg wil wél naar de zon. Toch?"

Samantha draaide zich met een ruk om, sprintte de trap op en liep linea recta door naar de computerkamer, waar de pc zachtjes zoemend naast het grote bureau stond.

Oké, zij hield meer van wintertaferelen, maar als je getrouwd was, moest je af en toe ook rekening houden met je vent.

Ze viste een kladblaadje met haar boekingsnummer uit de stapel troep op het bureau, surfte naar de site van de reisorganisatie en tikte haar gegevens in.

„Helaas, geitenkaas," mompelde ze even later teleurgesteld in zichzelf. „Op internet lukt dat zeker weten niet meer. Hoe los ik dat nou weer op?"

Ze trok de telefoon naar zich toe en was ongeveer een kwartier bezig om zich door alle menu's heen te werken. Uiteindelijk was ze bij de juiste afdeling beland, maar helaas: ze bleek niet bepaald de enige beller.

Al onze medewerkers zijn bezet, blijft u aan de lijn, u wordt zo spoedig mogelijk geholpen.

En die saaie mededeling werd afgewisseld met een vrolijk Tiroler jodelliedje, dat werkelijk niet om aan te horen was.

Samantha gaf het niet bepaald gauw op. Als zij zich eenmaal ergens in vastgebeten had, kreeg je haar er meestal met geen tien paarden meer af. Maar na twintig minuten van eindeloos gejodel begon ze steeds meer in de stemming te komen om de hoorn maar gewoon op de haak te kwakken.

De jodelaar produceerde ineens een gorgelend geluid. Het klonk alsof iemand definitief een eind aan zijn zangkunsten maakte.

„Met Ingrid," riep een vrolijke vrouwenstem opgewekt. „Wat kan ik voor u doen?"

Samantha schoot rechtop. Eindelijk een mens aan de lijn!

„Ik zit met een heftige noodsituatie," antwoordde ze gretig en ze legde haar probleem zo goed mogelijk uit. „Je snapt, ik moet mijn huwelijk redden."

Ingrid was vol begrip. „Mánnen!" riep ze op een toon die duidelijk maakte dat ze er alles van wist. „Het is dat we niet zonder ze kunnen, maar anders …"

„Mijn idee," vond Samantha. „Dus je kunt dat reisje voor me omboeken? De Canarische Eilanden lijken me wel wat."

Terwijl ze het zei, besefte ze dat de Canarische Eilanden haar absoluut helemaal niks leken. Ze was ooit 's met een stel vriendinnen naar Fuerte Ventura geweest en daar was ze in de uitgedroogde, saaie zandzooi zo ongeveer weggesmolten.

Nou ja, misschien een ander eiland proberen dan maar.

„Sorry," antwoordde Ingrid tot haar schrik. „Omboeken is onmogelijk." Samantha hoorde haar slikken en daarna praatte ze verder: „Dit is écht een definitieve boeking. Je gaat op reis of je blijft thuis. Meer smaken hebben we niet."

Samantha haalde opgelucht adem. „Nou, dan blijf ik maar thuis. Storten jullie het geld gelijk terug op mijn creditcard? Of moet ik mijn gironummer geven?"

Ingrid kuchte. „Dan begrijp je me verkeerd. Sorry. Je bent je geld sowieso kwijt."

Samantha schrok. „Ook als ik niet ga?"

„Ja, er stond niet voor niks een waarschuwing bij." Ingrid kuchte alweer. Het klonk alsof ze te veel rookte en Samantha kreeg de neiging om een praatje over het verband tussen roken en de meest vreselijke rimpels te gaan beginnen, maar ze slikte haar waarschuwing toch maar in toen ze Ingrid hoorde zeggen: „Je kunt trouwens wel een in-de-plaatsstelling doen."

„Dat klinkt reuzespannend," antwoordde Samantha op een zuur toontje. „Maar wát mag dat wezen?"

„Dan neem je een ander mee in plaats van je man."

„Ja, hallo! Dan heb je nu een *gonna-be-single* aan de lijn.

Het gaat hier wél om mijn huwelijk, hoor!"

Maar Ingrid was niet op andere gedachten te brengen en Samantha legde hevig balend de telefoon weer op de haak.

Zij ook altijd met haar impulsieve gedoe!

Iedere keer met Nieuwjaar stond 'eerst denken, dan pas doen' helemaal bovenaan de lijst met goede voornemens, maar er was nog nooit een hout van terechtgekomen.

Ze ging constant de mist in op dat gebied!

Ach wat! Ze had immers hartstikke zin om te gaan skiën. In Zermatt nog wel. Daar had ze ooit haar eerste, echte tongzoen gekregen. Van superhunk Ernst in een houten skihokje ergens onder aan de zwarte piste. En in de vakanties daarna hadden ze datzelfde skihokje voor nog veel meer spannende dingen gebruikt. Met Ernst was ze ook voor de allereerste keer *all the way* gegaan …

Had ze daarom soms zo haastig geboekt?

Vanwege Ernst en al die lekkere herinneringen?

Natuurlijk niet!

Ze was getrouwd, hoor!

En Ernst had al minstens vijf jaar niks van zich laten horen. Die werkte daar allang niet meer en anders had hij intussen vast zo'n vette bierbuik en een kaal hoofd gekweekt!

Ze trok een nadenkend gezicht. Eens kijken, zij was pasgeleden vijfentwintig geworden, dus Ernst moest nu toch al gauw tegen de dertig zijn …

Samantha trok haar schouders naar achter, stak haar armen in de lucht en rekte zich uitvoerig uit.

Er zat niks anders op. Hoewel de kansen niet bepaald gunstig lagen, moest ze toch Plan B maar uit de kast trekken. Je wist immers maar nooit hoe je als energieke vrouw je antiwintersport-echtgenoot toch nog op de lange latten kreeg.

Ach, ergens snapte ze Jorg ook wel. Hij was een sportieve vent, die helemaal gek was van parachutespringen, snelle motoren en skateboards, maar skiën kon hij voor geen meter.

Dus terwijl zij soepeltjes van de zwarte piste naar beneden kwam slalommen, moest hij zich in het kleuterklasje overeind zien te houden. Letterlijk.

Ze grinnikte. Hij had het één keertje geprobeerd op een borstelbaan. Om haar een plezier te doen. Het was op zijn zachtst gezegd geen succes geweest.

In gedachten zag ze Jorg weer gigantisch onderuitgaan op een bergje van amper een meter hoog en ze schudde grinnikend haar hoofd.

Misschien had ze toen wat minder hard moeten lachen?

Ze veegde de grijns resoluut van haar gezicht. Het was nu zaak om aan de toekomst te denken.

Dat werd dus vanavond een gebonden champignonsoepje vooraf, daarna gegratineerde witlof met gehaktsaus en vanillevla met slagroom toe.

Ze trok een gezicht. Dat aten ze *never* nooit niet, omdat zij dat absoluut geen eten vond. Alle kans dus dat Jorg meteen doorhad, waar het haar om begonnen was. Die was ook niet bepaald gek.

Nou ja, dat zag ze dan wel weer.

Aan de andere kant, tegen een vurige vrijpartij zou hij zeker weten geen 'nee' zeggen …

Eerst maar boodschappen doen. Nam ze gelijk een grote fles champagne mee om hem lekker in de goeie stemming te krijgen …

Ze haalde diep adem, liep naar de kast en terwijl ze haar meest spannende lingeriesetje tevoorschijn trok, voelde ze een gigantische vechtlust door haar lichaam stromen.

Zij gaf het niet zomaar op. Ze ging gewoon alles in de strijd gooien om Jorg mee te krijgen naar Zwitserland!

1

'Dames en heren, de I.C.E.-trein nummer 105 naar Utrecht, Arnhem, Emmerich, Oberhausen en Basel staat gereed op spoor 4. Voor deze trein is in Nederland een toeslag verschuldigd. *Meine Damen und Herren, der I.C.E.-Zug 105 in Richtung Basel, planmäßige Abfahrt …*'

„Opschieten, meisjes," riep moeder Van Delden op een overdreven ik-ben-de-reisleidster-toontje en ze draafde voor haar dochters uit naar het grijsmetallic racemonster, dat trillend van ingehouden energie langs de rand van perron vier stond te wachten op het verlossende fluitje.

Merel en Marlies van Delden draafden gehoorzaam met hun koffers-op-wielen achter hun moeder aan, maar Samantha ging expres wat langzamer lopen.

Ze had een lieve moeder, hoor, daar niet van. Maar wanneer zou mam nou eens begrijpen dat al haar dochters intussen volwassen waren en heus zelf de ingang van de trein wel konden vinden?

En dan te bedenken dat ze er héél even over had gedacht om mam te vragen om in Jorgs plaats mee te gaan naar Zwitserland. Daar was ze door het oog van de naald gekropen!

Van een afstandje zag ze hoe haar moeder met een rood hoofd van inspanning hielp om de koffers van haar zussen de trein in te stouwen.

Daarna keek mam zoekend om zich heen en zodra ze Samantha in de peiling kreeg, begon ze heftig naar haar te zwaaien. „Schiet nou op, Sam! Straks rijdt hij zonder jou weg!"

Nou, dat zou zo'n vaart niet lopen, ze hadden nog minstens vijf minuten.

Samantha wandelde op haar gemakje naar de wijd openstaande deuren van de trein en schoof haar koffer het portaaltje in.

„Jij zit op stoel 091 aan het gangpad," kondigde moeder aan en zonder pauze liet ze erop volgen: „Ik snap niet dat Jorg niet even komt helpen om de koffers te sjouwen."

Er lag zo'n speciale dubbele bodem-klank in haar stem en Samantha had feilloos door wat haar moeder bedoelde. De hebben-jullie-soms-ruzie-gemaakt?-vraag droop in lagen van haar gezicht af.

Maar zij was niet van plan om haar moeder op een succesvolle vispartij te trakteren!

„Jorg slaapt uit. Die heeft ook vakantie."

„Maar jullie zien elkaar dik twee weken niet," probeerde mam het opnieuw.

Samantha knikte vrolijk. „Ja, dat houdt de spanning een beetje in de relatie."

En daar was geen woord van verzonnen, want het serviesgoed was vanmorgen nog door de kamer gevlogen, dus spanning genoeg!

Er klonk een scherpe indringende fluit op het perron.

„Ga maar gauw zitten, meisje! De trein gaat vertrekken. Nummer 091, hè?"

„Ja mam. Dag mam!"

Terwijl de treindeur knarsend dichtschoof, hoorde Samantha haar moeder nog „Voorzichtig doen, meisjes!" roepen.

Ze boog zich naar het glas van de deur en zag de heftig zwaaiende gestalte van mam al snel kleiner worden. Als die nou maar niet elke avond ging bellen om te controleren of er nog niemand een been had gebroken ...

Nou ja, ze kende haar moeder niet anders. De waarschuwende zinnetjes in de trant van 'Voorzichtig, meisjes!' en 'Pas op voor de grote boze wereld!' zaten als een soort haperende cd in hun hersens gebrand.

Nee, mam veranderde ze niet meer. Dat was hetzelfde als

proberen om een gekookt ei weer rauw te krijgen.

Samantha grinnikte en trok haar koffer door het gangpad achter zich aan tot ze bij het tafeltje kwam waar haar twee zussen al giebelend waren neergestreken.

Ze zette haar bagage in het rek, schoof soepel in het lege bankje tegenover hen en leunde achterover.

„Hè, hè," zuchtte ze. „Dat hebben we nog maar net gehaald, als we mam mogen geloven. Maar voorlopig is het lekker mam-vrij-zitten geblazen. Iemand koffie?"

Zonder op antwoord te wachten, viste Samantha een thermoskan uit haar rugzak en schonk drie bekertjes vol met een hete, bruine vloeistof. „De suiker zit er al in."

Ze tilde haar bekertje omhoog alsof het een champagneglas was. „Proost, meiden. Op de vakantie!"

„Proost," antwoordde Merel en Marlies voegde er nog aan toe: „Eventjes geen gezeur meer van kerels."

Marlies nam een flinke slok koffie en keek Samantha met haar felblauwe ogen onderzoekend aan.

„Hé, ik wou het net niet vragen waar mam bij was, maar … Is Jorg nog steeds kwaad?"

Samantha haalde haar schouders op. „Dat kun je wel zo stellen, ja." En 'kwaad' was nog te aardig gezegd. Hij was woest. Zelfs het romantische verleidingsavondje had geen bal geholpen! Zo kinderachtig eigenlijk …

Ze zei het hardop en Marlies en Merel knikten begrijpend.

„Mannen kunnen ontzettend flauw doen!" vond Marlies. „Gaan jullie scheiden?"

Samantha verslikte zich bijna in haar koffie. „Welnee, zó gauw geef ik niet op! Ik ben geen filmster die er na een uurtje huwelijksleven alweer genoeg van heeft. Ik zie deze vakantie maar een beetje als afkoelingstijd. Als we terug zijn, is Jorg vast wel weer bijgetrokken."

„Dus jij gaat gelijk controleren of Ernst nog bij de skischool werkt?" concludeerde Merel met een ondeugende grijns.

Samantha schudde resoluut haar hoofd. „Nee hoor, Jorg gedraagt zich als een dreinerig kleutertje, maar we zijn wél getrouwd. Voor mij geen mannen deze vakantie!"

„Voor mij ook absoluut even niet," zei Marlies kordaat.

Samantha keek naar haar zussen. Merel en Marlies leken sprekend op elkaar met hun donkere, halflange krullen, hun blauwe ogen en hun slanke figuur.

Zij, als hun oudere zus, wist ze feilloos uit elkaar te houden, ook al trokken ze elkaars kleren aan om iedereen in de war te brengen. Ze zag het aan hun oogopslag, aan hun houding, aan de gebaren die ze maakten en aan de manier waarop ze zich opmaakten … Ja, haar zussen waren heus twee totaal verschillende meiden!

Maar buitenstaanders hadden er erg veel moeite mee om die twee druppels water met de goeie naam aan te spreken. En al snel was gebleken dat dit soort verwarring ook voor hun vriendjes gold …

Die gingen vrolijk met Marlies uit, terwijl ze dachten dat het Merel was, en andersom. Echte liefde was wel even iets anders.

Algauw hadden de M & M's een liefdestest bedacht: *Mister Right* zou onder alle omstandigheden weten wie zijn Ware Sprookjesprinses was en haar feilloos van haar zus kunnen onderscheiden. Ook al deden de meiden nog zo hun best om hem in de war te maken.

Als Samantha en hun ouders daar nooit de mist mee ingingen, moest het voor de enige echte prins op het witte paard ook niet zo moeilijk zijn.

Maar helaas … Er was tot nu toe nog geen enkele spetter voor de proef geslaagd.

Het had er heel even op geleken dat Bjorn, de nieuwe vlam van Marlies, een heel eind in de goeie richting kwam. Maar als ze zo naar het balende gezicht van haar zus keek, was het vast weer fout gegaan.

„Bjorn is ook gezakt voor de test?" vroeg ze.

Marlies knikte met een triest gezicht. „Helaas bloemenvaas. Ik dacht écht dat het hem was, maar niks hoor."

„Hij kan wél hartstikke lekker kussen," verklaarde Merel.

Marlies gaf haar tweelingzus een speelse stomp in haar zij. „Dat bedoel ik nou. Ik wil een man voor mij alleen, niet eentje die te pas en te onpas met mijn zus gaat staan zoenen, terwijl hij ook nog denkt dat ik het ben."

Ze schudde heftig haar hoofd. „Ik doe met jou mee, Sam. Geen mannen deze vakantie!"

„Daar ben ik óók helemaal voor in," kondigde Merel aan.

Samantha keek stomverbaasd naar Merel. Zat hun eigen *Princess Flirt* daar heus te beweren dat ze het een hele vakantie zonder haar zwoele verleidingsspelletjes ging doen?

Onmogelijk!

Als Merel maar iets zág dat in de verte op een knappe vent leek, schoot ze al in de die-ga-ik-helemaal-gek-van-verlangen-maken-*mood*. En als de vent dan eenmaal in de juiste stemming was, dropte ze hem zo snel mogelijk en begon energiek aan de volgende jachtpartij.

Merel, die het veertien dagen zonder man ging doen … Nee, dat had ze helemaal verkeerd verstaan.

„Hoe eh … Wát zei je precies?" vroeg Samantha aarzelend.

„Ik ga voor een spettervrije vakantie!" riep Merel zo enthousiast dat de halve coupé van haar kreten kon meegenieten.

Een ouder echtpaar draaide zich verstoord om en de vrouw begon te mompelen dat ze hoofdpijn kreeg van al dat geblèr.

Maar Merel lette niet op het vage gemummel. Die herhaalde haar wilde uitroep nóg een keer en minstens net zo hard.

Samantha knikte langzaam. Natuurlijk! Er was maar één

verklaring voor Merels gedrag: ze moest eindelijk eens echt verliefd zijn!

„Dus jij hebt *Mister Right* eindelijk ..." reageerde ze opgewekt, maar Merel viel haar meteen in de rede.

„Nope! Ik ben gedumpt."

Samantha voelde haar mond open vallen van pure schrik. „Wat? Gedumpt? Jíj? Dat kan helemaal niet."

Merel begon heftig te knikken. „Gistermiddag om precies vijf over half drie."

Samantha kneep haar ogen tot verbijsterde spleetjes. „Hebben we het over Sander?"

„Yep. En ik ben ingeruild voor Susanne van de frietkraam."

„Wat? Susánne? Dat meen je niet," riep Samantha ontzet.

Die kreet leverde weer het nodige gemompel van het bejaarde stel op, maar hun protesten vielen weg in de herrie van de voortrazende trein.

Merel liep rood aan. „Erg hè," fluisterde ze beschaamd. „Dat ik nog eens ingeruild zou worden voor Susanne Strohaar. Dat is toch niet te vatten?"

Samantha schudde haar hoofd. „Nee, dat is echt té erg."

„Ik wil helemaal nooit meer een man," verklaarde Merel op besliste toon. „Echt *never* nooit niet. Ik ben die types helemaal zat."

„Mijn idee!" knikte Marlies en ze legde haar hand even troostend op de knie van haar zus.

„Nou, 'nooit' is misschien wat overdreven," vond Samantha. „Wedden dat jullie daar al heel gauw weer anders over denken?"

Marlies en Merel schudden resoluut hun hoofd. „Niks hoor. Dit is voor eeuwig. Wij zijn genoeg gekwetst."

Samantha onderdrukte een grijns. De tweeling vond dat ze genoeg gekwetst waren? Nou, al die arme mannen die zij in de loop van de tijd gedumpt hadden, dachten daar vast heel anders over!

Maar dat zei ze niet hardop.

„Oké, dan spreken we af dat we deze vakantie lekker kanjervrij houden."

„Da's ook nog hartstikke praktisch trouwens," vulde Marlies aan. „Want we hebben met ons drieën toch maar één kamer. Daar passen geen mannen meer bij."

„Helemaal toppie!" riep Merel. „Weg met de mannen! Leve de meidenvakantie."

Ze pakte Samantha's thermoskan, schonk nog een rondje koffie in en hield het bekertje uitdagend omhoog. „Ik beloof dat ik er een echte meidenvakantie van maak."

„Ik ook," flapte Marlies er uit en ze stak haar bekertje als een soort belofte in de hoogte. „Ik ga ook voor *girls only*!"

„Afgesproken!" knikte Samantha en ze tikte met haar beker energiek de andere bekertjes aan.

Aan de overkant van de coupé nam het bejaarde stel heftig mummelend een aspirientje in.

***

Na de miniplechtigheid gingen de meiden uitgebreid zitten bijkletsen, want ze hadden elkaar al een poosje niet gezien. Dat kwam vooral door hun drukke banen en ze woonden natuurlijk ook al lang niet meer thuis.

Tenminste …

Zij, Marlies, werkte als schoonheidsspecialiste in Beautysalon 'Weg met die rimpeltjes!' waar Merel de eigenaresse van was en ze deelde met haar tweelingzus een flat in Buitenveldert. Samantha was directiesecretaresse bij een uitgeverij en woonde met Jorg in Zuid.

Ze probeerden elke week wel een keertje zussenavond te houden, maar dat was er de laatste tijd wat bij ingeschoten, omdat ze het allemaal zo vreselijk druk hadden.

Daarom was dit een superkans om weer eens lekker met

hun drieën uit hun dak te kunnen gaan.

Toen Samantha twee weken geleden had opgebeld om te vragen wie van hun tweeën met haar mee wilde naar Zermatt, had dat bijna een uitbraak van de Eerste Zussenoorlog veroorzaakt.

Want dat wilden ze natuurlijk alle twee wel. Net als vroeger lekker skiën in Zwitserland!

Samantha had het meteen begrepen. „Nou, rustig maar, meiden. Ik bel die miep van het reisbureau nog wel even. Annuleren kon niet meer, maar een persoon bij boeken, moet vast nog lukken. We stonden toch al ingedeeld voor een drie-persoonskamer."

En het was haar gelukt. Wel sneu voor Samantha dat Jorg zo rot tegen haar deed, maar daar konden zij verder ook niks aan doen.

Marlies leunde tevreden achterover. Zij gingen twee weken lekker genieten van sneeuw en zon! Zonder gezeur met mannen!

De trein reed over de enorme Rijnbrug het station van Keulen binnen en terwijl hij met een schokje tot stilstand kwam, keek Marlies belangstellend uit het raam.

Recht in de twee mooiste bruine ogen die ze ooit had gezien.

Oh help! Begon ze nú al met die onzin? Geen mannen deze vakantie!

En toch kon ze het niet laten. Vanuit haar ooghoeken zag ze de spetter-met-de-mooie-bruine-ogen naar de deur van hun treinstel lopen en soepel naar binnen springen.

Nog geen drie seconden later stapte hij hun wagon binnen en bleef in het gangpad uitgerekend bij hun tafeltje staan.

Kwam hij hier zitten?

Nee, hij had blijkbaar aan de overkant van het gangpad een plaats gereserveerd. Tenminste, hij stond de plaatsnummers zo uitgebreid met zijn ticket te vergelijken, dat het eigenlijk niet kon missen. In haar buik werd een kriebelend vlindertje geboren en dat begon heftig heen en weer te fladderen.

Nee toch! Nou zat er niks anders op dan de rest van de reis verplicht uit het raam te gaan zitten staren. Anders keek ze steeds maar tegen die mooie ogen aan.

Zucht …

„Lekker ding daar," fluisterde Merel in haar oor. „Prachtige kijkertjes ook."

Ja, dat kreeg je als je de helft van een tweeling was. Dan had je in de meeste dingen dezelfde smaak. Als het over aardbeien of chocoladerepen ging, was dat niet zo'n punt, want die waren er genoeg. Maar van een beetje man was er meestal maar één exemplaar.

„Hé, eh …" fluisterde ze terug. „Meidenvakantie."

„Tuurlijk," was Merels reactie. „Maar kijken is toch niet verboden?"

„Is er wat?" vroeg Samantha.

Marlies zag Merel onopvallend opzij wijzen.

Samantha stak haar linkerwijsvinger in de lucht en ging daarmee heen en weer, zoals een schooljuffrouw die de klas een standje geeft.

„*Girls only!*" Ze probeerde er streng bij te kijken, maar de lach klonk door in haar stem.

„Ja juf," kweelde Merel op een gespeeld onderdanig toontje. Ze pakte een spannende chicklit uit haar rugzak die ze onder de bank had gepropt, en ging zitten lezen.

Dat was best een goed idee.

Dus pakte Marlies ook een boek.

De trein zette zich weer in beweging en ging op weg naar Bonn, als ze tenminste het elektronische info-display boven haar hoofd mocht geloven.

Marlies sloeg haar roman open, schoof de kleurige boekenlegger naar beneden en probeerde braaf te gaan zitten lezen. Maar het leek wel of de tekst ook in het complot zat.

'Een regelrechte hunk!' fluisterde Heldin verhit en ze staarde zwijmelend naar Held, die in het bankje tegenover haar zat. 'Hij heeft ook nog de leukste ogen die ik ooit heb gezien.'

Het vlindertje in haar buik kreeg gezelschap van een heel stel vriendinnetjes en Marlies slikte moeilijk.

Wat gaf het eigenlijk als ze af en toe even van het riante uitzicht genoot? Kon totaal geen kwaad! Over een paar uur moesten ze overstappen en dan wandelde Knappe Hunk met koffer en al haar leven weer uit.

Dus loerde ze vanuit haar ooghoeken naar de knappe spetter, die er elke minuut spannender uit begon te zien. Hij had ook van die leuke bruine, kortgeknipte haren en een heel knap gezicht, dat er frisgeschoren uitzag. Zijn lichaam was lekker sportief, dat beloofde veel goeds voor de toekomst. Want de meeste Duitse mannen hadden op hun twintigste al een beginnende bierbuik.

Na de stop in Bonn klonk er gestommel bij de ingang van de coupé en er verscheen een koffiekar in de deuropening.

Dat was boffen. Nou kon ze openlijk naar de spetter kijken, terwijl het leek alsof ze die koffiekar in beeld had.

Ze stootte Samantha aan. „Volgens mij hebben ze daar *Käsekuchen*."

Samantha ging rechtop zitten, wierp een blik op de kar en knikte opgewekt. „Dat lijkt mij ook," zei ze met een verlekkerd gezicht en ze begon fanatiek haar tas door te spitten. „Wow! Ik had er al een klein beetje op gehoopt. Ik trakteer natuurlijk."

Marlies grinnikte. Ze waren met hun ouders vroeger heel wat keren in Zermatt gaan skiën en omdat ze destijds altijd met de auto gingen, was een overnachting in Duitsland ook vaste prik geweest. En bij een nachtje Duitsland hoorde *Käsekuchen*, een soort cake van gebakken kwark met veel rozijnen.

Heerlijk!

Het duurde even voor de koffiekar bij hun tafeltje was aangekomen en Marlies gebruikte de tijd om lekker van Hunk te genieten.

„Heeft die vent wat van je aan of zo?" vroeg Samantha onverwacht.

Marlies schrok.

Betrapt!

„Ik snap niet wat je in dat slappe ventje ziet," ging Samantha door. „Of zit je soms al die tijd naar die cake te staren?"

Oeps. Samantha dacht dat ze een oogje op de koffieboy had! Maar dat was een oerlelijk, mager ventje van een jaar of veertig.

„Waar zie je me voor aan?" reageerde ze meteen. „Ik heb gewoon hartstikke trek in *Käsekuchen.*"

„Ja!" brulde Merel enthousiast en ze produceerde een scheef knipoogje in de richting van Knappe Hunk. „Dat ziet er inderdaad ontzettend smakelijk uit!"

Marlies slikte. Ja, haar tweelingzus hoefde ze natuurlijk niks wijs te maken.

„*Kaffee trinken?*" vroeg de koffieboy in gebroken Duits.

Samantha stak drie vingers in de lucht. „*Käsekuchen.* Drie maal graag."

Het mannetje knikte. Hij pakte met veel omhaal drie kartonnen schoteltjes van zijn kar, legde die voor hen op de tafel en begon met een tang te jongleren om het gebak op de bordjes te krijgen.

Toen het gelukt was, pakte hij een opschrijfboekje van zijn kar en terwijl hij wat onverstaanbaars mompelde, maakte hij met het puntje van zijn tong uit zijn mond diverse aantekeningen.

„*Sonst 'was?*" bromde hij uiteindelijk.

„Nee hoor, dit is alles. Ik kom op negen euro uit."

Het mannetje keek Samantha uiig aan. „*Neun Euro?*" prevelde hij.

„Ja, drie keer drie is negen, lijkt me."

Samantha's uitleg was aan het kereltje niet besteed. Met zijn blik in het boekje stond hij heftig te rekenen.

„*Neun euro*," kwam ten slotte het verlossende woord.

Samantha betaalde en het grote genieten kon beginnen.

„*Can I pay my coffee in British pounds?*" hoorde Marlies Knappe Hunk onverwacht vragen.

Het wás helemaal geen Duitser, maar een prachtige Engelsman! Geweldig!

Ze gluurde door haar oogharen en zag Hunk wat munten op de tafel leggen.

Het mannetje schudde heftig zijn hoofd. „Euro," verklaarde hij streng.

„*I don't have any loose change in euro*," verklaarde Hunk en hij wapperde met een groen bankbiljet.

Het mannetje stak zijn handen in de lucht en terwijl hij hevig stond te gebaren, ontsnapte er een kromme Duitse zin aan zijn lippen, waar Hunk duidelijk niets van begreep.

Daarna draaide Koffieboy zich om, reed zijn wagentje een stukjc door en terwijl Hunk hem verbijsterd nastaarde, begon hij de volgende reiziger te helpen.

Marlies zag haar kans schoon. Ze keek Hunk met een stralende glimlach aan. „Hij moet zo even bij de bar gaan vragen of ze wisselgeld hebben," legde ze in vloeiend Engels uit. „Maar hij helpt eerst nog even de andere mensen in deze coupé. Ik snap ook niet waarom, maar dat zei hij zo ongeveer. Zijn Duits is niet bepaald geweldig."

Hunk beloonde haar met een dankbaar lachje en de vlinders in Marlies' buik kregen met een ernstige overbevolking te maken.

Als hij zo spannend keek, werd hij nog leuker!

Onder de tafel door kreeg ze een zacht schopje van Merel.

„Zwijmel, zwijmel …" fluisterde die plagend.

Het duurde een kwartier voor de koffiekar weer langs kwam rijden en de *Käsekuchen* was allang op.

Het mannetje gebaarde naar het biljet van honderd euro dat voor Knappe Hunk op tafel lag en hij schudde heftig zijn hoofd.

„Nix wechseln," prevelde hij.

Hunks pupillen vernauwden zich. *„But I'm really thirsty.* U kunt me toch niet tot Basel zonder koffie laten zitten?"

Voor ze in de gaten had wat ze deed, tikte Marlies de koffieboy op zijn arm. „Ik betaal wel voor meneer."

Merel begon te grinniken, maar Samantha keek Marlies scherp aan. „Ben je nou helemáál gek geworden!" fluisterde ze. „Je moet niet met vreemde kerels aanpappen, daar krijg je alleen maar ellende van."

Maar Marlies trok zich niks van haar zussen aan.

„Ik betaal je koffie wel," zei ze tegen Knappe Hunk.

„Maar dat kan ik absoluut niet aannemen," riep die meteen.

„Was möchten trinken?" vroeg de koffieboy intussen in zijn kromme Duits en hij keek Hunk vol verwachting aan.

„Ik betaal je wel in ponden terug," zei Hunk tegen Marlies. „Ik wil namelijk ook nog een broodje."

Marlies schudde haar hoofd. „Dat is helemaal niet nodig, joh. Ik kom nooit in Engeland. Bestel nou maar gewoon wat je wilt. Ik betaal wel voor je."

Die prachtige glimlach van je is voor mij beloning genoeg!

Hunk gaf zich over. Hij vroeg om een broodje kaas en koffie met melk en suiker, maar die bestelling veroorzaakte weer de nodige handgebaren bij Koffieboy. Vervolgens mompelde hij iets onverstaanbaars en draafde weg.

Hunk keek Marlies vragend aan. „Wat heeft hij nú weer?"

„Volgens mij zei hij dat de suiker op is. Die zal hij nu wel gaan halen."

Hunk schudde zijn hoofd. „Ik moet toch maar eens Duits gaan leren. Erg lastig als je niemand verstaat."

Hunk keek Marlies indringend aan en die voelde haar hart overuren maken.

„Trouwens," praatte Hunk door. „Kun jij toevallig honderd euro wisselen?"

Samantha gaf Marlies een waarschuwende por. „Pas op, hoor. Straks is het een truc om je van je geld af te helpen."

„Doe toch niet zo wantrouwig," reageerde Marlies wat bits. „Dit is een …"

„Super-de-super-spetter en Marlies is alweer helemaal verloren voor de mensheid," viel Merel haar grijnzend in de rede.

„Nou ja, zeg. Ik mag toch wel iemand helpen?"

„Tuurlijk wel!" grinnikte Merel. „En zeker zo'n Lekkerrr Ding!" Ze liet de 'r' expres flink rollen.

Marlies stak haar tong naar Merel uit en haalde diep adem om wat terug te gaan zeggen, maar op dat moment was Koffieboy weer terug en Hunk kreeg eindelijk zijn koffie.

Marlies rekende vrolijk lachend zes euro vijftig af en kreeg daar zo'n opwindende grijns voor terug, dat ze ter plekke wegsmolt onder die blik.

Daarna bestudeerde ze onopvallend zijn ringvinger.

Mooi zo! Die was leeg.

Dat hóefde natuurlijk nog niet te betekenen dat hij vrij was, maar getrouwd of verloofd was hij vast niet. Toch?

„Hoe heet je eigenlijk?" vroeg ze. Normaal zou ze dat nooit gevraagd hebben, maar dit was een duidelijk geval van nu-of-nooit.

„Brandon," antwoordde hij tussen twee happen door en hij stak zijn hand naar haar uit. „Brandon Jones."

De hand voelde warm en sterk aan. Echt mannelijk …

„Ik ben Marlies van Delden. En dat zijn mijn zussen, Samantha en Merel."

Merel begon heftig te stralen en stak haar hand gretig naar Brandon uit.

Samantha zat te ver weg, dus die zwaaide vrolijk en slaakte daarna een hoorbare overdreven diepe zucht.

„Vraag maar of hij ons vanavond in 'Zum alten Adler' op een glühwijntje komt trakteren," stelde ze een beetje cynisch voor.

Marlies snoof ongemerkt. Wat kon het haar schelen wat Samantha ervan dacht? Brandon was een megaspetter en die liet ze niet zomaar lopen!

„Jullie zijn Nederlands?" vroeg Brandon.

Ze knikte. „Ja, we komen alle drie uit Amsterdam."

„Ik woon in Londen. Vlak bij de Tower Bridge."

„*Cool*!" riep Merel, die het gesprek blijkbaar met open oortjes zat te volgen. „We zijn daar ooit eens op schoolreis geweest. Weet je nog wel, Liesje?"

Marlies trok een gezicht. Het kon haar niet schelen hoe ze haar noemden, al was het krullenbol, maar de naam Liesje wilde ze absoluut niet horen! Dat deed haar te veel denken aan die trut uit havo vier, waar ze destijds constant mee overhoop hadden gelegen.

Merel wist dat best. Die zat weer eens te stangen.

Nou, niks van aan trekken, dan had zusjelief er ook geen lol van.

Marlies produceerde een vrolijk grijnsje. „Londen was zeker supercool! Mooie stad."

De trein minderde vaart en voor Marlies door kon gaan met Brandon uithoren, voelde ze haar mobieltje in haar broekzak zachtjes trillen.

Ze wrong zich in wat gekke bochten en viste haar mobiel tevoorschijn.

Kelly …

„Hee, Kelly!" riep ze in het toestel.

„Marlies!" tetterde een door tranen verstikte stem in haar

oor. „Hij heeft me gedumpt. Ik spring van de flat!"

Kelly had 'm weer zitten, hoor! Nu riep die wel heel vaak van dit soort dingen, maar je kon nooit weten of ze nu écht op de rand van een dakgoot stond te wiebelen.

„Rustig, Kelly, rustig maar," zei Marlies zo meelevend mogelijk. „Doe nou niks waar je straks spijt van krijgt."

Terwijl ze het zei, snapte ze ineens dat het een onzinnige opmerking was. Als Kelly naar beneden sprong, was er alle kans dat ze nooit meer ergens spijt van zou kunnen hebben.

„Ik bedoel dat je … dat je even rustig moet worden," zei ze gauw in het toestel. „Vertel eens, heeft Tom je gedumpt?"

„Tom?" snikte Kelly. „Hoezo, Tom? Die heb ik er vorige week zelf uit gekickt. Nee, het gaat om Marco."

Marlies trok een gezicht.

Marco? Nooit van gehoord.

Kelly versleet onderhand zoveel mannen dat het voor haar vriendinnen niet meer bij te houden was.

„Hoe lang ga je dan al met Marco?" vroeg ze verbaasd.

De trein stopte met een schokje en in de verte kon je de luidspreker horen omroepen dat ze zojuist op het *Hauptbahnhof* van Frankfurt waren aangekomen.

De deuren gingen open en er kwam een stroom luidruchtige reizigers de trein in.

Marlies stopte haar vinger in haar oor om het gesprek beter te kunnen volgen.

„Sorry, ik verstond je even niet. Hoe lang ging je al met Marco zei je?"

„Drie dagen."

„Drie dágen? Maar Kelly, dan …"

„Begin jij nou ook al?" riep Kelly gesmoord. „Het was liefde op het eerste gezicht. Maar nou kiest hij toch voor zijn vriendin."

Marco koos tóch voor zijn vriendin? Dan had Kelly dus

geweten dat ze in verboden water aan het vissen was. Eigen schuld, dikke bult!

„Wat rot voor je," zei Marlies hardop en ze probeerde haar stem opnieuw een meelevend toontje te geven. „Ik weet niet wat ik zeggen moet."

De trein gleed langzaam het station weer uit.

„Wacht even," riep Kelly in haar oor, „er drukt iemand op de bel. Dat lijkt Steven wel." Er klonk een hoop gerommel. Ergens op de achtergrond ging een deur open en een donkere mannenstem brabbelde iets wat Marlies met geen mogelijkheid kon verstaan. Maar het antwoord van Kelly kwam luid en duidelijk binnen.

„Steven! Wat leuk! Ik was helemaal vergeten dat we naar die beurs zouden gaan. Ga zitten. Trek ik even wat spannends aan."

Een tel later werd de verbinding verbroken.

Marlies veegde een krul uit haar ogen en stopte haar mobiel weer weg. Wat een gedoe altijd met Kelly. Hysterisch tiepje hoor!

Ze keek lachend naar Brandon en toen trok er een ijzige kilte door haar heen.

Er zat een wildvreemde vent op de plek waar Brandon net nog had gezeten. Een kale vijftiger met een bierbuik. Er leunde een morsig meisje van een jaar of tien tegen hem aan, die smakkend van een broodje *Sauerkraut mit Bratwurst* zat te eten. Tegenover het tweetal waren een vrouw en een jongetje net zo onsmakelijk aan het schransen.

Brandon was weg!

Ze keek paniekerig naar Merel. „Waar is Brandon ineens naar toe?"

Merel grinnikte plagend. „Uitgestapt natuurlijk."

„Uitgestapt?" Marlies voelde hoe een dik brok ellende haar keel begon dicht te knijpen. „Maar dat kan toch niet! Dan ben ik hem kwijt!"

Merel lachte nog harder. „We hebben toch meidenvakantie? Dat heb je nog geen uur geleden hoogstpersoonlijk plechtig beloofd."

„Merel! Hou daar eens mee op. Ik vond hem écht leuk!"

„Hij vertelde ons net dat hij getrouwd is," ging Merel op een geheimzinnig toontje door. „Hij heeft zelfs al acht kinderen."

„Wat!" riep Marlies ontzet. „Dat méén je niet!"

Samantha kuchte als een schooljuffrouw die de orde in de klas weer gaat herstellen. „Dat meent ze inderdaad niet. Ze heeft weer zo'n melige bui." Ze schoof een kaartje naar Marlies. „Hier, hij is naar een ander treinstel verhuisd. Hij zat daar verkeerd."

Marlies snapte er niks meer van. „Verkeerd? Hoezo verkeerd?"

Samantha wees op de Duitse invasie naast hen. „Die plaatsen daar waren door dat leuke gezinnetje gereserveerd. Brandon had verkeerd op zijn ticket gekeken, dus die is verderop gaan zitten."

„Waar?" vroeg Marlies gretig.

„Geen idee, dat heeft hij niet gezegd. Dat wist hij zelf nog niet, volgens mij. Het ging allemaal een beetje rommelig, daarnet." Samantha tikte op het witte stukje karton. „Maar hij heeft zijn kaartje voor je achtergelaten."

„Zijn kaartje?" mummelde Marlies.

„Ja. Zijn naam, adres en telefoonnummer!" riep Merel stralend. „Hij vroeg of ik hem zo gauw mogelijk wilde bellen."

Marlies keek haar tweelingzus sprakeloos aan. Had Brandon aan Merel gevraagd om …

Haar hart sloeg een tel over van pure ellende. Waarom moest Mérel altijd maar de leukste mannen in pikken? Wat was er mis met háár dat ze nooit eens speciaal was voor een man?

Samantha tikte haar aan. „Hij heeft dat kaartje gewoon op

tafel gelegd en gevraagd of ik het aan jou wilde geven."

Opnieuw sloeg Marlies' hart een paar tellen over, maar nu was het van plotselinge opwinding. Zou Brandon haar dan tóch leuk vinden?

Ze sprong op en propte het kaartje zonder er verder naar te kijken in haar broekzak. „Ik ga hem zoeken."

„En wat wil je doen als je hem vindt?" informeerde Merel fijntjes. „Er een spannend halfuurtje van maken?"

Marlies probeerde haar ergernis te onderdrukken. „Weet ik veel. Dat zie ik dan wel weer."

„We hebben meidenvakantie, *Girlie*!" protesteerde Merel, maar Marlies deed net of ze niks hoorde.

„Welke kant is hij op gegaan?"

Merel wees achter zich. „Daar ergens, helemaal naar het andere eind van de trein."

Marlies deed een stap in de aangewezen richting en voelde toen hoe Samantha haar terug trok.

„Die wil weer eens lollig zijn," waarschuwde Samantha en ze wees de andere kant op. „Hij is die kant op gelopen."

Merel sloeg haar hand voor haar mond en proestte het uit.

„Het leek me goed voor je lijn," hikte ze. „Zo'n lekkere lange treinwandeling."

Er flitste alweer een steek van ergernis door Marlies heen. Het leek wel of Merel steeds pesteriger werd. Als het maar even kon, zat haar zus haar te jennen. Of was Merel haar hele leven al zo geweest en begon het haar de laatste tijd alleen steeds meer te irriteren?

Die flauwe grapjes! En dat constante haantje-de-voorste-gedoe. Ze had er onderhand haar buik van vol!

„Ik krijg jou nog wel," beloofde Marlies en ze probeerde erbij te lachen alsof het om een grapje ging, maar dat mislukte grandioos.

Ze draaide zich heftig om en liep hun treinstel door op zoek naar Brandon.

Maar bij het volgende treinstel vertraagde ze haar pas en bleef in het portaal staan. Waar was ze eigenlijk mee bezig?

Wat wist ze nou van Brandon? Alleen maar dat hij zulke leuke ogen had. En die opwindende blik van hem had haar een hele kolonie vlinders bezorgd. Het leek wel of haar complete buik aan het kriebelen was.

Ze staarde naar het voorbijrazende landschap.

Merel had natuurlijk weer volkomen gelijk gehad. Ze was bezig om zich compleet belachelijk te maken. Wat wilde ze eigenlijk gaan doen als ze Brandon vond? Blijven staan en spelen of ze toevallig langskwam en een praatje beginnen?

En dan? Hoe stelde ze zich dat eigenlijk voor?

Dat hij haar meteen op schoot zou nemen en kussen? Waarna ze op een holletje een leeg toilet gingen opzoeken om de meest opwindende vrijpartij *ever* te beleven? En daarna zou hij op zijn knieën zakken en haar met schorre stem ten huwelijk vragen.

Maar niet heus …

Ze schudde langzaam haar hoofd. Ze kon beter teruglopen. Dit werd helemaal niks.

Maar toen ze zich wilde omdraaien, was haar verlangen om Brandon te vinden toch sterker dan de angst om als een gieter af te gaan.

Langzaam zoekend liep ze verder door de coupés tot ze ineens recht in zijn knappe gezicht keek. Maar hij zag háár niet. De prachtige ogen waren dichtgevallen en Brandon sliep.

Wat zag hij er geweldig uit! Ze had ineens hartstikke zin om door zijn mooie bruine haren te gaan aaien en hem een kus te geven op dat leuke kuiltje in zijn wang.

Maar ja … Dan zou iedereen denken dat ze niet spoorde. Brandon ook trouwens.

Ze kon maar beter gewoon even gaan zitten en wachten tot

hij misschien wakker werd. Hoewel … Hij zag eruit alsof hij in een heel diepe slaap was.

Toch keek ze zoekend om zich heen naar een zitplaats, maar alle plekjes in de verre omtrek waren bezet. Ze kon nergens even neerstrijken. En in het gangpad blijven staan, was geen optie, want die man daar in de hoek zat haar heel geërgerd aan te kijken.

Ja hoor, daar vroeg die kerel al in afgemeten sacherijnig Duits of ze soms iets van hem aan had.

Ze deed net of ze de vent niet verstond en liep snel een stukje terug.

Wat een afknapper!

Wat nu?

Blijven staan was niet handig, want intussen zaten ze allemaal naar haar te kijken. Straks nog maar een keertje proberen.

Langzaam liep ze terug naar haar zussen.

„En?" vroeg Merel vol belangstelling. „Heeft hij je gelijk alweer gedumpt?"

Ze schudde haar hoofd. „Nee, hij slaapt. Ik wou hem niet wakker maken."

„Slap hoor," vond Merel en ze sprong energiek overeind.

„Wat ga je doen?" vroeg Marlies wantrouwig.

„Mijn neus poederen natuurlijk," antwoordde Merel. „Ik moet hartstikke nodig!" En ze liep heupwiegend weg.

Marlies keek haar zus broedend na.

„Dat vind ik nou zo erg aan dat gedoe met mannen in de vakantie," zuchtte Samantha. „Het is alleen nog maar een kwestie van tijd voor jullie mekaar de ogen gaan uitkrabben vanwege een compleet onbekende vent. Oké, hij is lekker om te zien, maar toch vind ik dit gedoe maar niks."

Marlies ging zitten. „Jij hebt makkelijk praten. Van jou is er maar eentje. Jij bent uniek. Maar ik ben alleen maar de helft van iemand anders."

Samantha keek haar verbaasd aan. „De helft? Welnee, hoe kom je bij die onzin? Jullie zijn twee verschillende personen, hoor."

„Voor jou wel, ja. Maar voor de rest van de wereld niet. Wie kan ons nou uit elkaar houden? Als ik in mijn eentje een vriendin tegenkom, zegt die nooit: '*Ha Marlies*' tegen mij. Het is altijd: 'Hoi twin.' Of: 'Hee, M & M. Hoe gaat het met jullie?'"

Marlies trok een gezicht en praatte door: „Dat vind ik hartstikke balen. Ik wil onderhand mezelf wel eens zijn."

Samantha knikte langzaam. „Maar daar doe je dan niet erg je best voor, Marlies. Jullie hebben altijd dezelfde kleren aan, je draagt je haar hetzelfde en jullie hebben ook nog eens dezelfde opleiding gevolgd, dezelfde flat gehuurd en toen Merel 'Weg met die rimpeltjes!' begon, wist je niet hoe snel je bij haar in dienst moest gaan. Je had ook een andere baan kunnen zoeken. Toch?"

„Dat heb ik best wel geprobeerd, maar zoveel werk is er nou ook weer niet in ons vak."

„Jij had ook een eigen bedrijf kunnen beginnen."

„Ach, dat is toch niks voor mij? Merel is hartstikke goed met cijfertjes en met mannen trouwens. Een beetje laag uitgesneden bloesje en ze had die vent van de bank zo in haar zak. Dat kan ik allemaal niet, dat weet je best. Ik ben niet zo'n flirt."

Toen Samantha niet direct wat terugzei, voegde ze er nog aan toe: „En ik had altijd een zielig tweetje voor boekhouden, als het niet nog lager was. Voor de moeite, zei die rottige Van Houten dan. Meid, die vent kón me een partij vals lachen!"

„Ja, ik herinner me *Mister Oetelpetoet* nog heel goed." Samantha grinnikte en praatte door: „Maar Merel scoorde in de herkansing voor jou altijd weer een acht of zo."

Marlies beet op haar lip. Merel had haar inderdaad heel wat keertjes aan een voldoende geholpen. En niemand had er iets van gemerkt. Zelfs die sacherijnige Van Houten niet.

Elk nadeel had ook zijn voordeel natuurlijk …

„Je zou kunnen beginnen met eens wat andere kleren te kopen," raadde Samantha haar met een serieus gezicht aan.

Marlies schudde haar hoofd. „Dat vindt Merel niks. Ik heb vaak genoeg in mijn eentje een outfit aangeschaft, maar dan gaat Merel zo gauw mogelijk hetzelfde halen."

„Dan moet je haar niet zeggen waar je het gekocht hebt, lijkt mij."

„Doe ik ook niet. Maar dan hoort ze mijn vriendinnen wel uit." Marlies snoof. „Toen ik laatst mijn haar had afgeknipt, is zij ook gelijk naar de kapper gesjeesd."

Samantha schudde haar hoofd. „Dat wist ik niet. Ik dacht dat jullie samen besloten hadden om je haar te laten doen."

Marlies beet op haar lip. „Nee hoor. Echt niet."

Samantha schoof heen en weer over de bank en ging anders zitten. „Misschien moet je er eens met haar over praten dat je daarvan baalt, Marlies."

„Ach, dat probeer ik toch steeds. Maar ze wil er niks over horen. Het lijkt wel of ze altijd maar de baas moet spelen. Ze doet ook altijd net of zíj iets bedacht heeft als ik 's een leuk idee heb."

Samantha zuchtte. „En nu zit ze met Brandon te flikflooien, wil ik wedden. Ik wil niet katten Marlies, maar je bent best een beetje sloom. Ik zou dat *never* nooit niet laten gebeuren hoor. Ik was Merel allang achternagegaan!"

„En wat zou dat helpen?" reageerde Marlies moedeloos. „Als onze theorie over De Ware klopt, gaat Brandon niet in haar praatjes trappen. En anders is het hem niet."

Samantha zag er ineens ook uit alsof ze het niet meer zag zitten. „Ja, als je het steeds maar zo bekijkt … Dan schiet het ook niet op."

Voor Marlies iets terug kon zeggen, stond Merel onverwacht bij het tafeltje.

„Hij was wakker, hoor," riep ze opgewekt. „Kijk, ik heb geld van Brandon gekregen. Hij had op het station gewisseld."

Ze legde zes euro en vijftig cent voor Marlies op de tafel.

Marlies kreeg ongelooflijke zin om haar zusje de ogen uit te krabben.

„Ik heb Brandon getrakteerd. Dan hoef jij niet om zijn geld te gaan lopen bedelen!" snauwde ze boos.

Merel begon fijntjes te lachen en Marlies besefte dat ze beter haar mond had kunnen houden. Was dit gemene wezen écht haar zus, waar ze altijd zo goed mee had kunnen opschieten?

„Nou, ik heb je toch een hoop ellende bespaard?" kweelde Merel verontwaardigd. „Wat heb je er nou aan om verliefd te worden op een vent die meer in je zuster ziet dan in jou?"

„Hoe bedoel je?" vroeg Marlies achterdochtig.

„Nou, hij zei dat hij me leuk vond en hij vroeg of ik een keertje bij hem wil komen logeren in Engeland."

Merel rekte zich uit als een lome poes, schoof elegant terug op haar plek en zei: „Nou, ik heb natuurlijk meteen 'ja' gezegd en ons afspraakje met een spannende kus bezegeld. Lijkt me heerlijk, zo'n weekje Londen."

„Hebben jullie gekust?" vroeg Marlies verbijsterd.

Merel knikte met een geheimzinnig lachje. „Hij kan het hartstikke lekker. Zelfs nog beter dan Bjorn."

Marlies kreunde zachtjes, maar door de herrie van de trein kon ze dat zelf niet eens horen.

Het was wéér gebeurd! Voor de honderdenzoveelste keer had een man voor Merel gekozen en niet voor haar …

Brandon was zo leuk en zo knap! Alleen al van de simpele gedachte aan die prachtige ogen werd ze elke seconde verliefder. Nou, daar was ze dan mooi klaar mee, want haar kansen waren intussen wel verkeken. Nog vóór er maar iets moois tussen hen had kunnen opbloeien, was Merel alweer met hem aan de haal. En die zou hem over vijf minuten weer als een stuk oud vuil laten vallen, terwijl ze net deed of ze Marlies heette.

Vijf minuten? Ach wat, de dumppartij was vast alweer achter de rug. Anders was *Princess Flirt* nooit zo rustig gaan zitten.

Had ze haar zus daarstraks toch achterna moeten lopen? Was het dan allemaal anders gegaan?

Ze kreunde opnieuw. Welnee, als het om mannen ging, kwam Merel immers altijd als winnares uit de strijd.

Haar maag kromp in elkaar van ellende en Marlies had ineens het vreemde gevoel dat er in haar hoofd een gordijn werd opengetrokken. Dit was écht de *limit*! Ze liet zich nooit meer een mooie spetter afpikken door Merel! Dat moest nou echt eens afgelopen zijn!

Maar Samantha had daarstraks wel een punt gehad. Het werd tijd dat zij eens in actie kwam en wat aan deze zooi ging doen! Want zolang zij bij Merel in de buurt bleef hangen, zou geen man háár in Merels donkere schaduw zien staan.

Ze mochten er dan vanbuiten hetzelfde uitzien, vanbinnen waren ze totaal anders. Merel was veel vlotter dan zij en ook absoluut niet verlegen. Als zij nog stond te stotteren, had Merel haar woordje allang klaar en alle aandacht naar zich toe getrokken.

Merel was de zon en zij was de maan. En de maan zag je nooit als de zon scheen. Pas als de avond viel en de zon onder ging, kreeg de maan haar kans …

„Ik ga een eigen flat huren," besloot Marlies hardop. „En dan zoek ik gelijk een nieuwe baan, ergens aan de andere kant van het land. In Drenthe of zo."

Ze was ineens verbaasd over haar eigen moed en keek de tafel rond om de reacties van haar zussen te peilen, maar die waren alle twee in hun boek verdiept en ze zagen er niet uit of ze ook maar één woord van haar heftige besluit gehoord hadden. Geen wonder, ze had niet zo heel hard gepraat en die trein maakte behoorlijk veel herrie ...

Oké, dan bleef het nog even een verrassing voor ze. Maar zodra deze vakantie achter de rug was, ging zij op de solotoer. Zeker weten!

2

Er joeg een ijzige gletscherwind door de besneeuwde straten van het donkere Zermatt en witte vlokjes dansten langs kleumende voorbijgangers, die bibberend op weg waren naar een van de vele barretjes of restaurants om van een welverdiende après-skiparty te gaan genieten. Op het pleintje voor de kerk klonken de ijle belletjes van een nostalgisch tingelende arrenslee.

In de knusse *Gaststube* van Hotel 'Zum alten Adler' was het lekker warm en gezellig. Er lagen roodbonte kleedjes op de houten tafels en in de grote open haard brandde een vrolijk vuurtje.

Samantha hapte gretig in haar goedgebakken, flinterdunne *Jägerschnitzel*, die gegarneerd was met een schijfje citroen. Ze at er een *Gemischter Salat* en een grote punt *Rösti* bij.

Af en toe keek ze naar haar zussen, die voor het eerst sinds zij het zich kon herinneren iets totaal verschillends op hun bord hadden.

Toen de ober vroeg wat Marlies wilde eten, had Merel haar – zoals gewoonlijk trouwens – geen kans gegeven iets te bestellen. Ze had gelijk „*Zwei mal Raclette, bitte*," geroepen en op haar zus en haarzelf gewezen. *Raclette* was een typische Walliser specialiteit. Een bergje gesmolten kaas, dat geserveerd werd met een gepofte aardappel in de schil, zilveruitjes en een zure augurk. Het was van oudsher het lievelingskostje van de tweeling en ze kregen meestal ieder wel vijf bordjes op.

Maar Marlies had heftig haar hoofd geschud en was resoluut voor de *Curry Bratwurst mit Pommes* gegaan …

Samantha prikte een stukje tomaat aan haar vork. Ze had het altijd gewoon gevonden dat de tweeling alles precies hetzelfde deed, van studierichting tot menukeuze. Het was nooit in haar opgekomen dat Marlies daar blijkbaar ontzettende moeite mee begon te krijgen.

Merel was natuurlijk best een beetje bazig. Hoewel ze amper tien minuten ouder was dan Marlies, eiste ze haar positie als 'oudste' altijd vol verve op.

Samantha onderdrukte een ondeugend grijnsje. Zij was wel de laatste die daarover een beschuldigend vingertje kon opsteken. Bij ieder ruzietje gooide Jorg háár immers hetzelfde verwijt voor de voeten …

Marlies en Merel waren eigenlijk haar halfzussen. Hun moeder was destijds na een uit de hand gelopen bedrijfsuitje bij de Chef Inkoop in bed beland en het gezellige rendez-vous was niet zonder gevolgen gebleven.

Toen mam de zaken weer met nuchtere ogen bekeek, had ze zich wel honderd keer afgevraagd of ze niet dringend aan een bril toe was, want de Chef Inkoop zag er bij daglicht niet uit.

Toch was ze met hem getrouwd, want zo ging dat nou eenmaal zesentwintig jaar geleden. En de snelle scheiding na amper een jaartje huwelijk was natuurlijk net zo voorspelbaar geweest.

Kort na Samantha's derde verjaardag had mam eindelijk de echte Ware ontmoet en pap had Samantha altijd als zijn eigen dochter behandeld, ook na de geboorte van zijn tweeling.

En zo kwam het dus dat zij en Merel goed beschouwd allebei een beetje bazig én de oudste waren.

Samantha begon te grinniken. Nou, was zij even filosofisch vanavond!

„Mogen we mee lachen?" vroeg Merel.

„Ja hoor." Samantha wees zo onopvallend mogelijk opzij. „Die man daar zit zo raar te eten. Moet je kijken hoe die zijn sla naar binnen propt."

Merel en Marlies keken steels opzij, maar er was aan de meneer in kwestie natuurlijk niks vreemds te zien.

De tweelingzussen trokken eensgezind een wenkbrauw op

en legden als op commando hun vorken neer.

„Wat doen we met het toetje, meiden?" vroeg Merel. „Gaan we voor de Dame Blanche met witte Zwitserse chocola?"

Samantha aarzelde.

Dame Blanche was erg lekker, maar eigenlijk nam ze in Zwitserland altijd iets totaal anders toe. Maar ja, dat was vroeger geweest. Toen ging ze nog met Ernst …

Ze had ineens het rare gevoel dat ze Jorg ontrouw zou zijn als ze haar favoriete Ernst-toetje zou bestellen.

Onzin! Wat maakte het Jorg nou uit, wat zij na at?

Er ging een pijnlijk steekje door haar borst.

Jorg.

Hoe zou het met hem zijn? Zat hij nou eenzaam in hun woonkamer aan tafel? Of zette hij met een stel vrienden eens lekker de bloemetjes buiten? Als hij er dan maar wel aan dacht om Bo op tijd uit te laten.

Oké, het was hartstikke gaaf zo met haar zussen, maar eigenlijk miste ze Jorg ontzettend.

„Nou Sam, wat neem je toe?"

„De Dame Blanche dan maar," antwoordde ze langzaam. „En ik wil een héél bord voor mij alleen, mét slagroom. Want als je zondigt, moet je het goed doen."

De ober kwam afruimen, noteerde de bestelling en draafde weg.

„Zou Ernst nog bij de skischool werken?" vroeg Merel opeens.

Samantha schrok ervan.

„Weet ik veel," mompelde ze. „Dat merken we morgen vanzelf wel."

„Ben je nog op hem?" vroeg Merel door.

Samantha schoot rechtop. Wat was dat nou weer voor vraag?

„Kom nou, ik ben getrouwd!"

„Als Jorg zo raar doet, telt dat niet meer," vond Merel.

„Wou je gaan lessen dan?" vroeg Marlies intussen.

Samantha knikte. „Een opfrislesje lijkt me wel verstandig. We hebben zes jaar niet meer geskied. Ja, een keertje op die borstelbaan, maar dat schoot ook niet op."

„Is Ernst zijn oom eigenlijk nog eigenaar van dit hotel?" praatte Merel in haar eigen straatje door. „Volgens mij hielp hij hier vroeger wel eens met de bediening als het druk was. Toch?"

Er flitste een onbestemd gevoel door Samantha's buik. Merel had gelijk! Ernst viel hier vroeger wel eens in.

„Hè, hou nou even op over Ernst," bitste ze. „Die wil ik ..."

„*Ihr Nachtisch, Fräulein Van Delden*," klonk ineens een mooie, donkere mannenstem.

Een tel later stond er een schaaltje voor Samantha's neus. Een bergje geel in een meertje van rood, met een enorme toef witte slagroom erbovenop.

Samantha bevroor. *Glühwein met Appelmoes!*

Ze draaide haar gezicht om naar de man achter haar en haar hart begon als een razende in haar oren te bonken.

Ernst!

Het was Ernst! Met zijn prachtige blauwe ogen, zijn knappe gezicht en zijn springerige vlasblonde haren, waar je zo lekker met je handen doorheen kon woelen. Hij was nog geen spat veranderd. Hij zag er nog net zo sportief en leuk uit als vroeger!

Diep in haar buik begon er ineens van alles te kriebelen. Maar dat mocht natuurlijk niet! Ze moest zo gauw mogelijk weer van hem af, voor de zaken uit de hand gingen lopen.

„Ik ben getrouwd en ik heet nu Molenaars," zei ze op precies hetzelfde moment dat Merel helemaal opgewonden begon te brullen: „Ernst! Da's ook toevallig. We hadden het net over je!"

Ernst zette twee grote borden met ijs voor de tweeling neer en schoof zonder te vragen naast Samantha aan tafel.

„Je bent nóg mooier geworden," zei hij en zijn sprankelende ogen boorden zich diep in die van haar.

Samantha slikte moeilijk. „Ik ben getrouwd," zei ze weer.

„*Gratuliere*," antwoordde hij stralend en hij keek om zich heen. „Waar is de bofkont? Ik wil 'm graag leren kennen."

„In Nederland," antwoordde Merel ongevraagd. „Ze hebben ruziegemaakt."

„Merel!" waarschuwde Marlies. „Doe even normaal!"

„Nou, het is toch zeker zo," grinnikte Merel plagerig.

Ernst begon te lachen en hij keek Samantha zo indringend aan, dat de vlammen haar opeens aan alle kanten uitsloegen.

„Ben je nog steeds skileraar?" redde Merel de situatie. „We willen morgen eerst een opfrislesje voor we van de zwarte piste duiken."

Ernst knikte. „Tuurlijk," zei hij joviaal. „Voor mijn *Holländische* vriendinnen doe ik dat helemaal gratis."

Hij stootte Samantha aan. „Als jij dan morgenavond met mij wilt gaan eten, staan we helemaal kiet."

Samantha schudde heftig haar hoofd, maar nog voor ze wat terug kon zeggen, riep Merel: „Toppie! Dat is dan helemaal afgesproken! Jij mag morgen met mijn zusje uit!"

***

Jorg lag languit op de bank in de woonkamer zijn krantje te lezen. Hij had pantoffels aan zijn voeten en op het randje van de salontafel stond een groot glas bier.

In de grote stoel bij het raam zat hond Bo ingespannen naar buiten te kijken.

Dit was pas echt vakantie, dacht Jorg. Geen gedoe aan je hoofd, gewoon lekker luieren.

De komende veertien dagen had hij het rijk hier helemaal alleen. Hij kon patat eten als hij zin had, zoveel bier en wijn door elkaar drinken als hij wilde, met zijn vrienden gaan stappen of gewoon ongestoord de krant lezen zonder dat Sam die voor zijn neus weg kaapte.

Sam ...

Hij had eigenlijk het meeste zin in háár. Door al dat geruzie hadden ze het al zeker twee weken niet meer gedaan.

Waar zou ze zijn op dit moment?

Hij keek op zijn horloge. Het was tien over half negen. Dan zat ze vast ergens te eten voor ze gingen stappen. Zo'n lekkere, flinterdunne schnitzel met sla en gebakken aardappels. Of ze had een berg *Raclette* op haar bord met daarnaast een glas ijskoude Zwitserse wijn.

Jorg likte zijn lippen. Hoe heette die wijn ook alweer? Oh ja, *Fendant*. Het was de perfecte match voor die knapperige, gesmolten kaas.

Hij voelde zijn maag ineens knorren en besefte dat hij eigenlijk rammelde van de honger.

Helaas sinterklaas! Hij had er vanmiddag alleen maar aan gedacht om een krat bier in huis te halen en daarom was er – op een half aangegeten zak chips en wat beschimmelde noten na – niks meer te bikken in huis.

Hij kwam sloom overeind, legde zijn krant opzij en ging op het prikbord op zoek naar het telefoonnummer van de pizzeria.

„Een pizza mare, een salade naturel en een tiramisu," zei hij even later in de hoorn.

Hij legde de telefoon weer op de haak en trok een gezicht. Eigenlijk had hij dat altijd erg zielig gevonden, van die mannen alleen, die op kookgebied niet verder kwamen dan zo'n slappe pizza te laten bezorgen, die waarschijnlijk ook nog ontzettend naar karton smaakte.

Morgen ging hij een lekker mals steakje voor zichzelf bakken. En daar nam hij dan een frisse …

Nee, morgen ging hij helemaal níks bakken, want dan was het zondag en de winkels waren dicht.

Shit …

Hij miste Samantha! Haar vrolijke lach, haar grappen, haar geweldige benen en hun superdesuper vrijpartijen. Hij miste zelfs de manier waarop ze met het serviesgoed kon gooien.

Er kriebelde een grijnsje om zijn mond. Vanmorgen had ze tante Carla's foeilelijke petitfours-schaal aan een voortijdig einde geholpen! Geniaal gewoon!

Jorg trok zijn neus omhoog en er kwam een zorgrimpeltje tussen zijn ogen. Sam was een fantastische meid. Alle kans dat die overseksete Zwitserse skileraren dat ook zouden vinden …

Voor Jorg de gedachte verder uit kon werken, ging er keihard een bel.

Met een luid blaffende Bo op zijn hielen liep hij naar de deur, betaalde de pizzakoerier en stapte met een ritselend plastic tasje terug naar de kamer, waar hij bestek pakte en zijn vrijgezellenmaaltijd tevoorschijn viste.

Hij ging lekker uit de doos eten! Niemand die er iets van zou zeggen. Heerlijk!

Hoewel …

Wat was dáár nou eigenlijk aan?

Hij zuchtte hoorbaar. Waarom was hij ook altijd zo koppig? Dat sloeg toch nergens op? Wat kon hem die krant eigenlijk schelen? En die slappe pizza? Hij wilde Sam! En hij wilde ook lékker eten!

Hij schoof de open pizzadoos opzij en liep naar het prikbord, waar Samantha een berichtje voor de thuisblijvers had achtergelaten.

Hotel 'Zum alten Adler' in Zermatt. En een telefoonnummer van het reisbureau.

Achter Jorgs rug begon Bo zachtjes te snuffelen. Die rook

wat lekkers in die doos. Zou hij het wagen?

„Oké!" zei Jorg hardop en hij rechtte zijn schouders, *„Zwitserland, here I come!"*

Terwijl Jorg het briefje van het prikbord trok en de telefoon greep, kroop Bo langzaam over de vloer in de richting van de tafel. Hij zag eruit alsof er een wals over hem heen gereden was, maar het was een praktische houding. Als Baasje hem in de peiling kreeg, kon hij meteen helemaal plat gaan en net doen of hij daar al uren lag te pitten.

„Ma, met Jorg hier. Ik wil toch nog een paar daagjes weg. Kan ik Bo bij jullie brengen?"

Bij het horen van zijn naam tilde Bo verschrikt zijn kop op, maar toen hij zag dat Jorg niet op hem lette, sloop hij centimeter voor centimeter verder.

„Oké, ik bel nog even als ik meer weet. Fijne avond nog samen."

Jorg legde de telefoon neer, wreef opgewekt in zijn handen en pakte de hoorn weer op.

Bo stond intussen met twee poten tegen de tafel omhoog, stak zijn kop in de pizzadoos en hapte toe. Daarna sleepte hij zijn buit razendsnel onder een hoge stoel en begon slobberend te smikkelen.

„Mooi," bromde Jorg in zichzelf. „Nu Sam nog even bellen."

Al pratend draaide hij Samantha's mobiele nummer.

Er klonken wat klikjes en ergens in de verte hoorde hij ineens haar stem: *„Met Samantha. Ik ben even iets anders aan het doen. Spreek na de piep je berichtje in."*

Jorg wachtte op de piep.

„Hé Sam, met mij. Ik heb met Patrick en Elmar een *last minute* naar Isla Margarita geboekt. Even lekker naar de zon. Je ouders nemen Bo in huis. Spreek je!"

Hij legde de telefoon terug op de haak en keek nadenkend voor zich uit.

Waarom had hij dat nou gezegd? Hij wilde toch naar Zermatt, naar Sam?

Ja, natuurlijk wilde hij naar Sam! Maar dat hoefde zij nog even niet te weten ...

„Hè Bo?" zei hij hardop. „Baasje gaat gewoon even kijken wat het vrouwtje allemaal uitspookt als ze denkt dat Baasje ..." Bo?

Waar wás Bo eigenlijk?

En toen zag hij het.

„Bo! Jij ellendig rampenplan! Mijn pizza!"

***

„Daar komt hij aan! *Dalli, dalli! Mach's schnell!*" riep de kabelbaanbeheerder in sappig *Schwyzer Duuts* tegen iedereen die het maar horen wilde.

Merel was nog lang niet aan de beurt, maar ze schuifelde haastig op haar ski's naar het lege bankje dat aan kwam zeilen en plofte neer.

Ze voelde hoe er naast haar nog iemand op het bankje landde.

Amper een tel later klapte de veiligheidsstang dicht en de tweepersoons *Sessellift* schoot omhoog in de richting van de besneeuwde helling, die in het licht van een glinsterend zonnetje nog het meeste op een ouderwetse kerstkaart leek.

Groene dennenbomen bogen hun takken onder een zware last van sneeuw, de daken van de grote houten chalets kon je bijna horen zuchten onder een al even witte laag en de skiërs op de piste leken op kleurige kaboutertjes.

Merel blies haar wangen bol en liet de lucht weer ontsnappen. „Wat een gedoe altijd met die duffe lift, hè?" zei ze zonder opzij te kijken. „Vandaag of morgen ga ik er nog een keer integraal naast zitten."

Er kwam geen antwoord en vanuit haar ooghoeken keek

Merel opzij, in de vaste verwachting één van haar zussen te zien.

Missertje!

Er zat een vent van een jaar of dertig naast haar in een compleet fout skipak. Het had alle kleuren van de regenboog en langs de randen zaten felrode biezen, die het geheel blijkbaar een 'snelle' uitstraling moesten geven. Tot overmaat van ramp had hij ook nog een snor.

Als Merel ergens een hekel aan had, dan was het wel aan een snor! Zo'n harig geval waar de eigenaar 's avonds ongetwijfeld zijn hele dagmenu uit moest krabben ...

Merel keek hulpzoekend om naar de langzaam opklimmende rij bankjes achter haar, maar haar zussen zag ze nergens. Die sloompies stonden vast nog in de rij.

„Will'ste mit mir essen gehen?" vroeg Snorremans onverwacht.

Merel schrok. Oh help! Had zij weer, hoor. Had ze die snor aangemoedigd door tegen hem te gaan zitten praten!

Hij was best wel knap en hij had zo'n ik-ben-Superman-*himself-airtje* om zich heen hangen, waar veel vrouwen ongetwijfeld als een baksteen voor zouden vallen.

Sneu voor hem, maar hij was heus haar type niet!

Ze trok haar meest onnozele gezicht, keek de man zo suf mogelijk aan en haalde toen haar schouders op.

„Nix versteen," zei ze houterig. En ze liet er vol verve op volgen: *„Proate Swenske?"*

Mister Supersnor keek haar zo opgewekt aan, dat Merel drie onpeilbare seconden lang bang was dat hij inderdaad een aardig mondje Zweeds zou spreken.

Toen ontspande ze weer. Wat maakte het uit? Verder dan die twee woorden die ze ooit van een dronken toerist had opgepikt, ging haar Zweedse kennis toch niet.

„Kaffee?" probeerde Supersnor en hij begon met zijn hand allerlei ik-drink-een-kopje-leeg-gebaren te maken. Helaas

voerde hij dat zover door dat ze de virtuele drank bij wijze van spreken zo zijn snor in zag lopen.

Hoewel ... virtueel? Zag ze daar iets bruins in die haarborstel hangen? Ja, dat leken wel kruimels. Oh help! Dadelijk schoot ze nog in de slappe lach van die oen!

Ze kreeg opeens ondraaglijke jeuk aan haar kuit en automatisch tilde ze haar voet op om even met haar teen te krabben.

Oeps! Daar had ze bijna de punt van haar ski in haar neus.

Verhip, begon ze nu alweer? Had ze haar lesje nou nog niet geleerd? Drie jaar geleden was ze door hetzelfde domme gedoe haar ski verloren. Al suffend had ze met de zijkant van haar schoen over haar kuit zitten wrijven en zo de binding van de ski eronder los getrapt. Die was in een keurige salto naar beneden geduikeld en ergens halverwege de berg op een onmogelijke plek rechtop in de sneeuw blijven staan.

Ze had er bij die gelegenheid een paar prachtige Duitse krachttermen bij geleerd. Van skileraar Karl wel te verstaan. Die had het minidrama vanuit het stoeltje achter haar zien gebeuren en daar was hij niet bepaald blij van geworden.

Er trok een grote grijns over Merels gezicht en ze begon zachtjes te grinniken. Voor Karl die ski weer terug had gevonden ...

Voeten maar netjes rechthouden nu!

„*Kaffee, mein Liebchen?*" mummelde Supersnor op hoopvolle toon en hij trakteerde haar op een stralende tandpastaglimlach, waar een tweederangs filmster subiet jaloers op zou worden.

Ja hoor! Die oen had haar blijkbaar horen gniffelen en daar een compleet verkeerde conclusie uit getrokken. Hoe kwam ze ooit van die rokkenjager af? Over een minuut of drie waren ze al boven!

Ze keek achter zich, maar het uitzicht op de stoeltjes beneden haar was natuurlijk niet veranderd. Haar zussen waren in geen velden of wegen te bekennen.

„*Do you like coffee?*" probeerde Snor het intussen in het Engels.

Nou, een volhoudertje hoor! Ze kon maar het beste doen alsof ze hem niet hoorde. Was ook niet zo raar trouwens met die dikke muts op haar hoofd.

Aan de zijkant van haar heup trilde iets. Haar mobieltje? Dat was vast Samantha om te zeggen dat ze onder aan de berg waren blijven steken. En als dat echt zo was, ging ze linea recta weer met dit ding naar beneden. Ze had toch een skipas, dus daar zou ze niet failliet van raken.

Merel trok haar want uit, wrong zich in een voorzichtig bochtje om Snor niet te raken en viste haar mobiel uit de zak van haar skibroek.

Kelly.

„Hé Kelly," zei ze in het toestel. „Hoe gaat het?"

„Hij heeft me gedumpt!" riep Kelly half huilend in haar oor. „Die ellendeling heeft me er zomaar uitgekickt!"

Nee toch? Merel blies haar wangen bol en liet de lucht met een zacht 'Pffff …' weer ontsnappen.

„Wat vreselijk voor je," zei ze in de telefoon. „Er deugt ook niks van die mannen."

„Ja, dat weet jij als geen ander," snufte Kelly. „Die ellendige Sander! Als ik hem nog eens te pakken krijg, vil ik 'm levend!"

„Sander?" schrok Merel. „Gaat het over míjn Sander? Ik bedoel natuurlijk …"

Ze kreeg een duw tegen haar arm en keek verstoord opzij.

„*Wir müss'n 'raus!*" zei Supersnor dringend en hij wees scheef naar boven.

Merel was even vergeten dat ze hem zogenaamd niet begreep en keek omhoog. Ze gleden dadelijk het Bergstation in. Nou, zij bleef mooi zitten!

„Ja, jouw Sander, ja!" riep Kelly intussen gekweld.

„*'Raus, 'raus!*" brulde de kabelbaanmedewerker geroutineerd, maar Merel schudde haar hoofd. „*Ich hab' unten was vergessen,*" riep ze in perfect Duits. „Ik ga mee terug naar beneden."

Terwijl het stoeltje begon te draaien en aan de bocht naar beneden begon, zag Merel nog net het stomverbaasde gezicht van Supersnor achter zich verdwijnen.

Mooi zo, daar was ze van verlost.

„Ik snap niks van je verhaal over Sander," zei ze in haar mobiel. „Vorige week stond hij nog met Susanne te vozen. Die van de friettent, weet je wel?"

„Wat?" riep Kelly. „Susanne? Daar heeft hij mij anders voor gedumpt, hoor."

Merel onderdrukte de neiging om met haar ski over haar kuit te gaan wrijven.

„Voeten rechthouden!" prevelde ze in zichzelf.

„Wat zeg je?" vroeg Kelly.

„Zo te horen heeft Sander jou even als tussendoortje gebruikt. Rot voor je, hoor."

Ergens naast haar klonk een hard geschreeuw en toen Merel opzij keek, zag ze haar twee zussen knus op een bankje naast elkaar omhoog gaan.

Ze maakte wat cirkelende gebaren met haar armen om aan te geven dat ze de meiden zo wel weer achterna zou komen en toen waren ze alweer uit het zicht verdwenen.

„Wat zit jij een rare herrie te maken?" vroeg Kelly in haar oor.

„Ik zit in Zwitserland in een kabelbaan."

„Wat? Toch niet met Sander?"

„Nee, ik ben met mijn zussen op stap. We zijn alweer een paar dagen hier."

„Gaaf! Lekker achter de mannen aan!"

„Niks hoor. We hebben een hunkvrije vakantie."

„Da's toch supersaai? Wedden dat jullie dat niet volhouden? Oh shit, daar is de Ouwe Vrijster. Laters!"

Er klonk een klik en de verbinding was verbroken.

Merel stopte grinnikend haar telefoontje weg. Kelly werkte op een belastingkantoor en Ouwe Vrijster was de bijnaam die ze met de hele afdeling voor de uitgedroogde, broodmagere cheffin gebruikte.

Er klonk opnieuw een soort jodelkreet naast haar en Merel stak haar hand groetend omhoog naar skileraar Ernst, die ook op weg was naar boven.

Nou, die zat Samantha op haar hielen, dat was wel duidelijk.

Kelly had natuurlijk gelijk. Die hunkvrije vakantie konden ze wel op hun buik schrijven. Het was ontzettend leuk zo met drie meiden, maar een beetje spanning kon geen kwaad.

Samantha hoefde al geen moeite meer te doen. Die had Ernst alweer een poosje achter zich aan. Zoals die vent had lopen slijmen bij de opfris-skiles van een paar dagen geleden ... De honden lustten er geen brood van, maar Samantha was erg gecharmeerd geweest van de flauwe grappen. En vanavond zou ze met Ernst gaan eten ...

Merel leunde achterover tegen de harde leuning van de *Sessellift*, die ze nu helemaal voor zich alleen had, en ademde genietend de pittige berglucht in. Echt flitsend ging het allemaal niet in deze ouderwetse stoeltjeslift, maar het was niet zo'n straf om hier hoog boven de berghelling te zweven. Het zonnetje kreeg steeds meer kracht en de besneeuwde wereld onder haar zag er geweldig uit.

Zouden er nog oude kennissen van haar in de buurt wonen? Theo of Ludwig bijvoorbeeld? Dat was een stel lekkere hapjes. Zij had met alle twee wat gehad. Niet tegelijk natuurlijk en ze hadden de *Mister Right*-test ook niet overleefd, maar toch ... Voor in de vakantie konden ze er allebei best mee door.

En hoe zou het met ...

Krijg nou een kunstgebit!

Merel schoot rechtop en kneep haar ogen tot spleetjes om het beter te kunnen zien.

Die leuke man, die daar beneden in het Dalstationnetje op zijn beurt stond te wachten, kwam haar wel erg bekend voor.

Dat was Brandon! Die leuke Engelsman uit de trein.

Dat opende perspectieven!

Oké, hij had natuurlijk vooral Marlies erg leuk gevonden, maar hij zag het verschil tussen hen toch niet.

Merel begon heftig te zwaaien.

„Brandon! Brandon! *It's me!*"

Brandon keek omhoog en er kwam een vrolijke grijns van herkenning op zijn superknappe gezicht.

Ze likte tevreden over haar lippen. In de trein had ze Marlies verteld dat Brandon wakker was toen ze hem had opgezocht en dat hij haar zelfs het geld voor de koffie had terugbetaald.

Ze grinnikte ondeugend. Dat had ze alleen maar gezegd om Marlies een beetje te plagen en dat was goed gelukt ook!

In het echt had ze Brandon totaal niet gesproken, want hij sliep nog steeds toen ze hem vond en ze had het niet slim gevonden om hem te storen. Je mocht vooral geen slapende mannen wakker maken. Daar werden ze namelijk niet blij van.

Het stoeltje zakte verder naar beneden en Merel trok haar schouders naar achter in een automatisch gebaar om haar borsten beter te laten uitkomen. Maar al snel besefte ze dat een dik ski-jack op zijn zachtst gezegd niet erg meewerkt aan dat soort verleidingstechnieken ...

Een tel later schoot ze verheugd nog rechter. Kijk nou toch eens! Daar was dat heerlijke brok *Käsetorte* uit de rij gestapt en stond trouwhartig op haar te wachten. En nog mooier: Marlies zat ergens kilometers hoger op de berghelling.

Het was alleen jammer van haar kleding, ze kreeg ineens

het vervelende gevoel dat een opgestopte worst er verleidelijker uitzag dan zij ...

Ach, onzin! Met deze temperaturen zou *Miss Universe herself* er ook zo bij lopen.

Ze worstelde zich haastig de skilift uit en kluunde naar Brandon toe.

„Hi, Brandon," groette ze met een stralende lach. „*How are you doing?*"

„*I'm fine*," antwoordde Brandon en Merel voelde zijn stem tot diep in haar tenen.

Wat klonk hij sexy en wat zag hij er goed uit! Deze spetter ging ze helemaal voor zichzelf houden! Wát er ook gebeurde, Marlies mocht vooral niet weten dat hij zo dicht in de buurt was!

„Is er iets mis met je uitrusting?" vroeg hij.

„Nee, ik, eh ..."

Verdraaid, wat moest ze nou zeggen? Het was natuurlijk niet echt normaal om met de ski's aan je voeten in de *Sessellift* weer naar beneden te komen.

Terwijl er tientallen smoesjes door haar hoofd wervelden, drukte ze met haar stok de bindingen los en stapte langzaam van de lange latten.

Ze was onverwacht ziek geworden, ze had iets vergeten, ze durfde ineens niet meer ...

Nee, daar zat niks bruikbaars bij. De waarheid dan maar. Min of meer. „Ik kreeg een belletje van een vriendin en toen ben ik vergeten uit te stappen."

„Dus je gaat zo weer naar boven?"

Ze deed of ze heftig nadacht en schudde daarna langzaam haar hoofd. „Nee, ik heb eigenlijk meer zin in koffie."

Zo, dat was een briljante voorzet. Nu maar hopen dat hij de bal er in zou koppen.

„*I owe you one*," zei Brandon en haar hart maakte een sprongetje van pure vreugde.

Hij dacht dat ze Marlies was en ging haar op koffie trakteren! Mooi zo, kat in het bakkie!

Ze keek hem met haar liefste glimlach aan. „Ik weet wel een leuke *Konditorei* om de hoek. Riant uitzicht op de Matterhorn en ze hebben daar ook heerlijke *Baumnußtorte.*"

„Dat gaat hem dan helemaal worden," antwoordde Brandon met een opwindende knipoog.

En Merel smolt compleet weg.

***

„Merel blijft best lang weg, hè?" zei Marlies. Ze prutste aan haar handschoen en keek voor de zoveelste keer op haar horloge. „Die skilift is een ouderwets rammelding, maar zó lang duurt het toch ook weer niet om boven te komen?"

Samantha gaf niet meteen antwoord. Die was op een beschut plekje tegen de muur van het bergstation op een steen gaan zitten en genoot met haar ogen dicht van het zonnetje.

„Anders gaan we zo de piste maar af," antwoordde Samantha uiteindelijk. „Ik geloof dat Ernst ook ongeduldig begint te worden en Merel redt zich wel."

Samantha kwam langzaam overeind.

„*Wollen wir endlich mal?*" zei Ernst opgelucht. Hij strekte zijn benen, draaide met zijn heupen en schuifelde weg in de richting van een rode piste.

Samantha ging hem stijfjes achterna.

Marlies keek om zich heen. Haar blik gleed zoekend over de indrukwekkende witte sneeuwvlakte waar de beroemde Matterhorn boven uittorende. Het puntige silhouet van de rotsberg stak af tegen de helderblauwe lucht. Het was hier sprookjesachtig. Alleen haar zus was nergens te bekennen.

Nou, dan ging ze Sam en Ernst maar achterna.

Op dat moment begon haar mobieltje te trillen en Marlies trok het toestelletje snel tevoorschijn.

Merel.

„Mereltje! Waar blijf je nou?" riep ze in haar mobiel.

„Jullie moeten het even zonder mij doen, Marlies. De vlag hangt ineens uit, ik ga terug naar het hotel."

„Je bent ongesteld geworden? Hoe kan dat nou?"

„Pil vergeten, denk ik," zei Merel in haar oor.

Pil vergeten? Dat was ook niet slim! En helemaal niks voor Merel trouwens. Die was altijd zo stipt met pillen innemen. Dit was meer iets dat háár zou kunnen overkomen.

„Nou," zei ze aarzelend. „Dat is dan goed pech voor je."

Ze hoorde Merel diep en bijna aanstellerig zuchten. „Mijn idee. Hé, ik geef wel een belletje als ik weer in beeld ben. Veel plezier jullie!"

„Dank je," zei Marlies. „Jij veel sterkte. Laters."

Ze klikte de verbinding weg en stopte haar mobiel weer in haar zak.

„Was dat Merel?" vroeg Samantha onverwacht. Die had blijkbaar gemerkt dat ze een telefoontje kreeg en was weer teruggekomen.

„Yep, Merel. Die is, eh …" Ze wierp een blik op Ernst, maar realiseerde zich meteen dat die haar toch niet zou verstaan: „Ze is ongesteld geworden."

Samantha reageerde precies zoals zij daarnet had gedaan. „Hoe kan dat nou? Ze zou de pil toch doorslikken?"

Marlies haalde haar schouders op. „Dat schijnt ze vergeten te zijn."

Er kwam een diepe fronsrimpel tussen Samantha's ogen. „Wat ontzettend raar. Dat is helemaal niks voor Merel."

„Nee, ik vind het eigenlijk ook wel een beetje gek. Maar goed, wij kunnen gaan afdalen."

„Wedden dat ze een leuke ouwe kennis tegengekomen is? Die twee zijn nou vast al ergens spannend aan het tongzoenen."

Marlies knikte langzaam. „Dat zou me niks verbazen. Wat een jokkebrok eigenlijk."

Samantha grinnikte. „Ja, da's helemaal Merel. Die is al jaren recordhouder op het gebied van leugentjes om bestwil. Ziet ze zelf helemaal niks verkeerds in."

„*Wollen wir mal?*" vroeg Ernst op ongeduldige toon.

Samantha knikte opgewekt. „Ja hoor, we zijn er helemaal klaar voor." Ze zette af met haar stokken en skiede naar Ernst. Marlies zag het stel eensgezind aan de afdaling beginnen en ze ging hen langzaam achterna.

De meidenvakantie was na amper een paar dagen al compleet failliet!

Samantha was al sinds ze hier waren voorzien van een supercoole hunk en de kans was groot dat Merel er nu ook eentje aan haar haakje had. En zij, eenzaam singeltje Marlies, moest maar weer zien hoe ze zich in haar eentje vermaakte …

Echt balen!

Ze nam een soepele bocht om een puntig stuk rots heen en zuchtte diep. Maar dat wilde ze toch? Ze had zich toch heftig voorgenomen om haar eigen leven te gaan leiden? Straks in Drenthe, of waar dan ook?

Waarom voelde ze zich dan zo in de steek gelaten?

Raar, ze moest ineens weer aan Brandon denken. Ze had gisteravond in bad wel een halfuur naar zijn kaartje liggen staren. Niet dat ze daar veel wijzer van was geworden. Er stond alleen een naam op, een adres in Londen en een telefoonnummer.

Maar ineens had Merel keihard op de deur gebonkt. „Leef je nog?" schreeuwde ze. „Of zit er een haai in je bad?"

Door de kracht van Merels vuisten was het gammele slotje uit de sluiting geschoten en van pure schrik had ze het kaartje in het schuim laten vallen.

Dat was aan de ene kant wel handig geweest, want zo had

de nieuwsgierig om de hoek kijkende Merel tenminste niet gemerkt dat zij helemaal in dat kaartje was opgegaan. Maar verder was het een regelrechte ramp. Want het drukwerk was niet bepaald van een beste kwaliteit geweest. Toen ze het kaartje uiteindelijk van de bodem had gevist, was het een compleet doorweekt vodje en alle letters waren doorgelopen.

Oké, nu hoefde ze zich tenminste niet meer af te vragen of ze hem zou durven bellen … Ze was zijn gegevens voorgoed kwijt.

Suffe, dromerige trut die ze was!

Haar ski raakte een tak, schoot een stukje door en Marlies probeerde wanhopig om haar evenwicht terug te krijgen. Net op het moment dat ze de strijd ging verliezen, vloog ze een bergje soepele suikersneeuw in en kreeg de controle over haar ski's weer terug.

Poe! Marlies voelde het zweet ineens in straaltjes over haar rug stromen. Dat scheelde maar een haartje van een olifantenstaartje! Ze kon haar aandacht maar beter bij de afdaling houden. Brandon was ze toch al kwijt. Die had immers in de trein al voor Merel gekozen. Toch?

Maar dan had Merel bij die gelegenheid vast óók een kaartje van Brandon gekregen. En als Merel nu zoet was met een nieuwe vlam, had ze misschien nog een kansje.

Het enige wat zij hoefde te doen, was de spullen van haar zusje nazoeken. In een onbewaakt ogenblik natuurlijk.

Ze voelde zich ineens een heel stuk beter.

„Wacht maar, Merel!" prevelde ze in zichzelf. „Dit keer ben ik jou te slim af!"

3

De koffiesessie met Brandon was helemaal wat Merel er zich van had voorgesteld.

Ze zaten op een verwarmd buitenterras van een enorme punt *Baumnußtorte mit Sahne* te genieten en het uitzicht op de wereldberoemde Matterhorn was werkelijk imposant.

Maar Merel had geen aandacht voor de gigantische rots. Voor haar telde alleen het geweldige uitzicht op Brandon. Dat vond ze pas écht opwindend.

Lastig genoeg gold dat blijkbaar ook voor een groep kwetterende tienermeiden die een paar tafeltjes verder luidruchtig taart aan het eten waren. Die konden hun ogen niet van hem afhouden en zaten ongegeneerd naar hem te wijzen. De dappersten probeerden zelfs zijn aandacht te trekken door heftig te gaan zitten flirten.

Maar Brandon had alleen maar oog voor háár en daar kreeg ze toch wel een heel speciaal gevoel van. Hij was een superluisteraar en dat was best bijzonder voor een man.

Dus vertelde ze hem alles over haar eigen Beautysalon 'Weg met die rimpeltjes!' en gaf een uitvoerige beschrijving van haar flat. Waarbij ze gemakshalve maar even 'vergat' te melden dat haar zus de woning met haar deelde. Marlies moest hier namelijk maar even buiten blijven. Tenminste, Brandon dacht nog steeds dat zij Marlies was en dat wilde ze voorlopig maar even zo houden!

Hij was een ongelofelijke spetter en ze kreeg met de minuut meer zin in hem! Zoals hij haar met die prachtige ogen aankeek … En hij had zo'n superdesuper mannelijke stem! Ze kreeg ineens een geweldige drang om op te staan en op zijn schoot te gaan zitten. Bij de gedachte alleen al begonnen de vlammen haar aan alle kanten uit te slaan.

Maar dat gold voor de tienermeisjes blijkbaar ook. Die werden zo lawaaiig dat de waardin ze persoonlijk kwam vragen om wat rustiger aan te doen.

De meisjes zeiden van alles terug en wezen alweer opgewonden naar Brandon. Jammer genoeg zaten ze net te ver weg om precies te verstaan waar ze het over hadden.

Waar waren die meiden nou eigenlijk mee bezig? Oké, hij wás natuurlijk hartstikke knap en iedereen kreeg wel eens de slappe lach, zeker als je met een groepje ging stappen, maar was dit niet een beetje overdreven?

Brandon deed net of de meisjes niet bestonden en hij begon haar uitgebreid uit te horen over haar hobby's.

„Shoppen, stappen en gave reizen maken," antwoordde Merel. „Naar Engeland bijvoorbeeld," voegde ze er met een spannend lachje nog aan toe.

Daarna was ze een poosje stil om hem de gelegenheid te geven om haar in Londen uit te nodigen, maar helaas … daar trapte hij niet in.

Heel even wist ze niet meer wat ze zeggen moest en om zich een houding te geven, at ze gauw haar bord leeg.

„Wat doe jíj eigenlijk voor de kost?" vroeg ze toen.

Brandon nam een slok koffie en maakte een vaag handgebaar. Alsof zijn job er totaal niet toe deed. „Iets in de muziek."

Ze keek hem verrast aan. „Oh, leuk. Geef je les of speel je in een orkest of zo?"

Hij knikte langzaam. „Zoiets, ja. Wil je nog koffie?"

Ze likte sensueel over haar lippen en trakteerde hem op haar meest spannende lachje. „Ja, lekker." Het klonk nogal uitdagend en even had ze spijt van haar gedrag. Ze zat zich wel erg aan te bieden en dat was nou ook weer niet de bedoeling.

Maar Brandon reageerde er niet op. Hij wenkte de serveerster die met een knalrood hoofd kwam aanlopen, bestelde nog twee koffie en wees op de Matterhorn. „Het is erg mooi hier. Blijf je lang?"

„Twee weken. En jij?"

„Een maandje of drie, denk ik. Ik ga ook nog wat andere plaatsen bekijken."

„Je maakt een rondreis van drie maanden? Doe maar duur zeg. Daar zou ik ook wel voor in zijn. Hoe ..."

De serveerster kwam aanrennen met een dienblad. Ze had nog steeds een knalrode kleur en haar hand bibberde behoorlijk toen ze een vol kopje voor Merel op tafel zette.

Wat een zenuwpeesje! Gek eigenlijk. Daarstraks had ze toch ook niet zo nerveus gedaan?

De serveerster pakte Brandons kopje van het blad.

„I am ... eh ... very ... eh ... honoured," stotterde ze in bijna onverstaanbaar Engels en daarna begon haar hand zo geweldig te trillen dat het kopje ervan rammelde en vervaarlijk begon over te hellen. De spetters koffie vlogen in het rond en Brandon leunde als een speer achterover om de hete vloeistof te ontwijken.

„Oh, meine liebe Güte!" kreunde de serveerster in paniek en ze trok haar hand zo haastig terug dat het kopje kantelde en scheef op het schoteltje viel.

En terwijl Merel met wijd opengesperde ogen verschrikt toekeek, klotste de koffie integraal over Brandons kleurige skipak heen.

De tienermeisjes begonnen te gillen van opwinding, de serveerster barstte in snikken uit en Brandon sprong zo haastig overeind dat zijn stoel knallend achterover sloeg.

De waardin kwam aanrennen, stuurde de opdringerige tienermeisjes én de serveerster van het terras en terwijl ze zich luidkeels in een sappig *Schwyzer Duuts* begon te verontschuldigen, gaf ze Brandon een doekje.

Maar die stond met zijn handen aan de broek van zijn skipak te trekken om de hete drab bij zijn huid weg te houden en hij schudde zijn hoofd. „Straks graag, als de stof is afgekoeld."

De waardin keek hem niet-begrijpend aan en Merel vertaalde Brandons woorden snel in het Duits.

Daarna keek ze Brandon aan. „Lukt het een beetje, Brandon? Kan ik helpen?" vroeg ze bezorgd.

„Nee, het gaat wel, hoor," bromde hij droogjes. „Gelukkig is het pak lekker ruim." Hij wapperde nog wat met de stof en barstte in lachen uit.

„Het is maar goed dat er geen fotograaf in de buurt is. Het lijkt wel of ik een acute diarree-aanval heb gehad," grinnikte hij.

„Ik kan met mijn mobiel anders wel een plaatje van je schieten," bood Merel plagend aan en ze greep in haar zak. „Als leuk aandenken voor later."

„Nee, dank je, Merel. Het is zo wel mooi genoeg."

Haar hart sloeg een tel over van pure schrik.

Merel?

Hij zei Merel tegen haar! Maar dat kon toch niet? Ze had al die tijd zitten doen of ze Marlies was!

Toch? Shit! Wat nu?

Nee, ze kon niet glashard gaan beweren dat ze Marlies heette. Een geintje om bestwil, oké. Maar écht liegen ging te ver.

Brandon wees op haar koffie.

„Drink gerust je kopje leeg. *I'm going back to my hotel and have a change.*"

„Ja maar …" begon Merel en toen deed ze iets wat ze nog nooit eerder zelfs maar in haar hoofd gehaald had. „Zie ik je nog eens?" vroeg ze en ze hoorde zelf dat haar stem bijna smekend klonk.

Hij keek haar grinnikend aan. „Zeker weten. Ik ben vanavond in de 'Londoner Bierstube'. Zie je dan."

Voor Merel besefte wat er gebeurde, stak Brandon groetend zijn hand op en liep met grote passen naar de uitgang van het terras.

Merel staarde hem verbijsterd na.

Hè? Dit kon niet waar zijn!

Waarom liep hij nou gelijk weg zonder haar zelfs maar een telefoonnummer te geven? Ze wist verder niks van hem! Ze had zo gigantisch over zichzelf zitten kletsen, dat ze niet eens had gevraagd waar hij logeerde.

Hè, wat een gedoe nou weer!

Ze sprong op en rende Brandon achterna, het terras over en het bijna lege restaurant door. Maar in de hal liep ze vast in een hele horde tienermeisjes, die opgewonden gillend de uitgang versperden. Ze wurmde zich tussen de meisjes door, maar op straat was er al geen spoor meer van Brandon te bekennen.

Balen!

Waarom was ze altijd zo duf bezig? Ze had er geen flauw idee van waar ze hem terug kon zien!

Ze beet op haar lip en zuchtte diep. Wat had hij ook alweer gezegd? Ja, iets over Londen en bier.

Maar dat zei haar dus niks.

Of bedoelde hij soms dat ze in Londen bij hem maar eens een biertje moest komen drinken? Maar ze wist zijn adres niet!

Ze schudde haar hoofd. Nee, het woordje 'vanavond' was luid en duidelijk bij haar binnengekomen. Het ging niet om een *surprise date* in Engeland. Er was hier vast ergens een pub met zo'n soort naam.

Nou ja, moest ze maar proberen te achterhalen dan.

Al piekerend liep Merel terug naar het terras, waar haar rugzakje nog vergeten op de tafel lag.

***

Samantha schoot genietend de laatste bocht van het parcours in, skiede naar het eind van de piste en stopte precies naast

Ernst, midden op het beginnersweitje.

Om hen heen was het een drukte van belang. Mannen in foute skipakken, jengelende kinderen en groepjes stressende beginners die gespannen achter hun skileraren aan schuifelden. Aan de rand van het weitje probeerde een skitalent-in-de-dop pootje-over te doen om een bochtje te maken, maar hij raakte verstrikt in zijn lange ski's en duikelde hevig proestend een enorme sneeuwberg naast de piste in.

Samantha lette niet op het gedoe om haar heen. Ze nam gretig een diepe teug van de heerlijke pittige berglucht en riep stralend: „Wow! Dat was echt super zeg! Ik merk nu pas hoe erg ik dit allemaal gemist heb."

„Ik heb jou ook gemist," bekende Ernst en hij keek haar indringend aan.

„Ik had het over deze superafdaling," reageerde Samantha luchtig. „Dat heb je best verstaan. En trouwens, als jij me echt zo gemist hebt, dan had je wel eens wat van je mogen laten horen."

Ernst stak zijn handen verontschuldigend in de lucht. „Jullie kwamen hier elk jaar en ineens niet meer. Ik dacht dat je genoeg van me had."

Samantha viste een zakdoek uit haar jack en snoot haar neus.

„Mijn móéder had er genoeg van," zei ze langzaam. „Die wilde ineens naar de zon."

En de drie dochters waren braaf met hun ouders meegereisd naar Barbados. Dat was niet bepaald een straf geweest trouwens. Er was heel wat te zeggen voor een warm zonnetje in de winter.

Er flitste een pijnlijke steek door haar borst.

Jorg.

Jorg zat op dit moment vast in een blauw vliegtuig ergens hoog boven een al even blauwe oceaan. Op weg naar romantisch Isla Margarita, waar ongetwijfeld de meest mooie meiden op het strand zouden liggen ...

Ze schudde langzaam haar hoofd. Waarom moest Jorg altijd zo koppig zijn? Ze hadden hier toch samen een heerlijke liefdesvakantie kunnen hebben?

En nu waren ze allebei alleen. Alleen met alle zwoele verleidingen van de wereld ... Zucht.

„Wollen wir noch mal?" vroeg Ernst.

Ze haalde haar schouders op en keek achter zich. Ha, daar had je Marlies ook al.

Marlies schoot met een razende vaart op hen af en remde in een waas van opwervelende sneeuw vlak naast een groepje beginners, die met de handen op elkaars schouders in een soort polonaise langs kwamen schutteren. Er klonken verschrikte kreten en de nummer één van het gammele 'treintje' verloor zijn evenwicht en viel achterover.

De gevolgen bleven natuurlijk niet uit. Alsof ze bezig waren met de zoveelste recordpoging op Domino Day ketsten ook de anderen om de beurt tegen de vlakte.

Ernst stak zijn duim omhoog. *„Klasse!"* riep hij op een ironisch toontje.

Marlies had de valpartij achter zich compleet gemist en ze dacht dan ook dat Ernst haar een complimentje gaf vanwege de fantastische afdaling.

„Ja, geweldig hè?" riep ze enthousiast en ze stootte haar zus aan. „Waarom zijn we eigenlijk nooit eerder teruggegaan naar Zermatt?"

„Dat stond ik me ook net af te vragen," knikte Samantha met een half oog op de dominospelers, die vruchteloos weer overeind probeerden te komen. „Wat doen we? Gaan we nog een keer?"

Marlies schudde haar hoofd. „Ik heb hartstikke spierpijn. Laten we vanmiddag lekker naar dat warme bad gaan om te zwemmen, anders schiet de après-ski er vanavond weer bij in."

Samantha grinnikte. Gisteravond waren ze zo uitgeput geweest dat ze om half elf al in bed gelegen hadden.

„Helemaal mee eens," zei ze. „Is wél zo gezellig voor Merel ook."

„Na also," bromde Ernst. *„Wollen wir endlich mal?"*

Samantha schudde haar hoofd. „Nee, morgen weer. Wij zijn hartstikke toe aan een bakje koffie met taart."

„'Zum weißen Hirsch' dan maar?" stelde Ernst voor.

Marlies grinnikte. „Ja, goed plan. Daar hebben ze de lekkerste *Baumnußtorte* van heel Zwitserland."

Al pratend klikte ze de bindingen van haar ski's los en draaide zich om. „Dan nemen we gelijk een flink stuk voor Merel ..."

Ze deed haar mond met een klap dicht en staarde verbaasd naar de wriemelende massa van armen, benen en ski's die recht voor haar voeten lag te kronkelen. „Wat een zootje, zeg! Sommige mensen leren het ook nooit, hè?"

Ernst stak een beschuldigende vinger naar haar uit.

„Dit rommeltje heb jíj anders wel op je geweten."

Marlies trok een gezicht. „Ikke? Ik weet nergens van." Ze schoof haar ski's opzij en stak een hand uit naar de wriemelende kluwen. „Kom, dan proberen we de zielenpootjes maar weer even op de been te krijgen."

Ze begon verwoed aan een paar armen te trekken en kreeg direct van alle kanten hulp bij haar goede daad. Met z'n allen hielpen ze het onfortuinlijke 'treintje' dominospelers weer overeind en uiteindelijk stonden alle wagonnetjes met rode koontjes weer op de rails.

Even later schuifelden ze braafjes in ganzenmars achter hun leraar aan in de richting van de skilift.

Samantha en Marlies keken ze grinnikend na.

„Laten we maar even wachten met ademen tot ze uit beeld zijn," waarschuwde Marlies. „Alle kans dat we ze anders zó weer omblazen."

Samantha gniffelde. „En dan te bedenken dat wij ook zo zijn begonnen."

„Welnee," vond Marlies. „Wij konden het gelijk al véél beter." Ze haalde diep adem om de lach uit haar stem te houden. „En nu wil ik onderhand wel eens een bak koffie."

Terwijl ze hun ski's in het rek zetten, trakteerde het mobieltje van Ernst iedereen op een afgezaagd jodeldeuntje.

Ernst nam op en algauw zagen ze zijn gezicht betrekken.

„Ich muß leider geh'n."

Hij keek Samantha diep in haar ogen. „En vanavond kan ik ook niet met je gaan eten. *Leider* … Ik heb een spoedklus."

Samantha draaide haar blik van hem weg. Eigenlijk kwam dit haar prima uit. Ze had namelijk helemaal geen zin om dit gedoe met Ernst uit de hand te laten lopen. En hoe vaker ze hem zag, des te meer kans op *troubles*!

„Zullen we morgen weer met ons allen gaan skiën?" vroeg Ernst intussen.

„Geen denken aan!" zei Samantha meteen.

Op datzelfde ogenblik riep Marlies opgewekt: „Ja, gezellig! Om tien uur maar weer bij de skilift."

Ernst keek onderzoekend van Samantha naar Marlies en het was duidelijk dat hij even niet wist wat hij met de situatie aan moest.

Samantha wilde zeggen dat ze absoluut alleen met haar zussen de piste op ging, maar het leek wel of haar keel opeens helemaal dicht gesnoerd zat! Ze kreeg er geen woord meer uit.

Ernst vatte haar gebrek aan commentaar als een 'Oké dan maar' op. „Tot morgen!" zei hij vrolijk en vervolgens maakte hij dat hij wegkwam.

Samantha baalde als een stekker van zichzelf. Waarom had ze nou niks tegen hem gezegd?

Ze keek Marlies verwijtend aan. „Hoe kun je hem nou

vragen om morgen alweer met ons mee te gaan? We zouden er een meidenvakantie van maken!"

Gelukkig, haar stem deed het weer.

„Maar ik dacht dat je hem leuk vond?" zei Marlies op verdedigende toon. „Mij maak je niks wijs. Ik zie het aan je ogen."

Samantha zuchtte diep. Was ze zo'n open boek voor haar zus? Oké, ze vond Ernst hartstikke leuk, maar dat was dus gelijk het probleem. Zij was met Jorg getrouwd! Hóé kinderachtig die zich ook gedragen had, hij was wél haar man.

„Ernst stond trouwens min of meer op jouw toestemming te wachten," ging Marlies door. „Je had ook 'nee' kunnen zeggen."

Samantha besloot om maar niet op die opmerking in te gaan. Ze had zelf ook wel door dat Marlies gelijk had.

„Ik geef mijn huwelijk niet zomaar op," mompelde ze vaag.

„Maar Jorg zit nu toch op de Bahama's met zijn vrienden?"

„Nee, hij is naar Isla Margarita."

„Nou, dat komt op hetzelfde neer. Lekker strand, mooie meiden … Alle kans dat hij …"

Samantha draaide zich met een ruk om. „Ik wil dat niet horen, Marlies! Jorg blijft mij trouw. Zeker weten!"

„Oké, oké. Rustig maar," zei Marlies bezwerend. „Tuurlijk blijft Jorg jou trouw. Ander *topic*!"

Samantha voelde een pijnlijke steek door haar buik flitsen. Het was duidelijk genoeg: in gedachten zag Marlies haar knappe zwager al lang en breed in de armen van een exotische schone liggen.

En het ergste was dat zij het diep in haar hart alleen maar met haar zus eens kon zijn. Alle kans dat Jorg écht …

Nee, daar wilde ze niet aan denken!

Ze hield van Jorg. Ze wilde hem niet kwijt.

Maar waarom heb jij deze solovakantie dan toch zo koppig door-

gezet en Jorg alleen gelaten? Dat is toch vragen om problemen?
Hij is een lekkere spetter, andere vrouwen hebben ook ogen in hun
hoofd.

Samantha beet op haar lip en probeerde die ellendige gedachte zo fanatiek mogelijk weg te duwen, maar diep in haar hart bleef het knagen.

„Laten we maar gauw naar 'Zum weißen Hirsch' lopen," zei ze hardop. „Ik verga van de dorst."

„Anders ik wel," knikte Marlies. „Spannend trouwens dat met Ernst."

„Ik heb níks spannends met Ernst," bitste Samantha.

„Nee, zo bedoel ik het niet. Het gaat mij om die spoedklus."

Samantha keek verbaasd naar haar zus. „Wat bedoel je eigenlijk?"

„Als dit een James Bond film zou zijn, ging Ernst nu de wereld redden."

Samantha begon te lachen. „Jij hebt wel erg veel fantasie, zeg! Ernst als *Double O Seven*. Het idee!"

„Zo gek is dat toch niet? Wat kan een skileraar nou voor spoedklus hebben? Een filmster privéles geven?"

„Hij werkt ook als ober. Alle kans dat …"

„Dat er een noodbruiloft is, ja," vulde Marlies grinnikend aan. „Een stel kreeg ineens zo'n ongelooflijke zin in elkaar en omdat je daar in Zwitserland voor getrouwd moet zijn, gingen ze op een holletje naar het stadhuis."

Samantha fronste haar wenkbrauwen. „Bedoel je nou dat Ernst smoesjes loopt te verkopen? Dat hij gewoon geen zin meer heeft om met mij te gaan eten?"

Marlies haalde haar schouders op. „Geen idee. Ik vind het gewoon raar. Kijk maar een beetje met hem uit, bedoel ik."

„Dat moet jij nodig zeggen," bromde Samantha wat kriegelig. „Jij vond het een gewéldig idee als hij morgen weer mee ging skiën. Ik riep meteen dat het voor mij niet hoefde."

Marlies knikte. „Misverstandje. Jij gaat dus voor Jorg. Dat kon ik toch niet weten?" Ze draaide zich om. „Kom, op naar de koffie. Ik bel Ernst straks wel af." Ze schoof haar muts wat omhoog. „Als ik tenminste zijn nummer kan vinden. Of heb jij dat ergens?"

Samantha schudde haar hoofd. „Nee, geen idee. Maar dat wil de receptionist van 'Zum alten Adler' vast wel voor ons opzoeken."

Al kletsend liepen de meiden naar de *Konditorei* en gingen naar binnen. Maar op de drempel naar het verwarmde buitenterras bleef Marlies aarzelend staan. „Zullen we de taart maar in laten pakken? Dan nemen we er in ons hotel wel koffie bij en kan Merel …"

Samantha hoorde haar amper. Ze staarde verbaasd naar een tafeltje aan de rand van het terras, waar een vrouw met de rug naar haar toe gezellig met een knappe vent zat te kletsen. De vrouw kwam haar erg bekend voor en de man had ze ook eerder gezien. En het stel zat wel érg dicht bij elkaar … *Karl?*

Was dat écht Karl? De knappe skileraar die een paar jaar geleden helemaal wég was geweest van Merel?

Tja, dat zinnetje 'een paar jaar geleden' kon ze wel vervangen door 'nog steeds'. Karl zat Merel zo ongeveer met zijn ogen uit te kleden!

Ze draaide zich om naar Marlies. „We hoeven met ons zielige, zieke zusje geen medelijden meer te hebben. Moet je dáár kijken."

Marlies tuurde met samengeknepen ogen naar het innige koppel tortelduifjes op het terras. „Mooie boel, zeg. En wij maar denken dat ze jankend van de buikpijn op bed ligt."

Samantha knikte, schoof langzaam weg van de deur en viste haar mobiel uit haar zak.

„Ik zal haar wel even krijgen," kondigde ze grinnikend aan. Een paar tellen later schalde de nieuwste hit van *Justin*

Timberlake over het terras en de meiden zagen Merel naar haar mobiel grijpen.

„Hé, zusje van me," zei Samantha in de telefoon. „Gaat het weer een beetje?"

Ze luisterde en legde haar hand op het microfoongedeelte van haar mobiel. „Ze voelt zich nog érrug beroerd," fluisterde ze tegen Marlies en haalde haar hand weer weg. „Wat rot voor je, meid," lispelde ze in het telefoontje. „Zullen we een lekker stukje taart voor je meenemen?"

Ze luisterde weer even naar het antwoord. „Wat zeg je, Merel? Da's het laatste waar je zin in hebt? Ja, dat kan ik me voorstellen. Je hebt natuurlijk veel meer trek in Karl."

Ze drukte grinnikend de verbinding weg en liep langzaam naar het tafeltje. „Ik moet je nageven dat hij een erg lekker stuk is."

Merel draaide zich om alsof er een berggeit in haar nek gesprongen was en Samantha kreeg de slappe lach van haar compleet verbijsterde gezicht.

„Hoe noemen ze dat bij de politie ook alweer?" proestte ze. „Oh ja: een heterdaadje!"

***

Merel had ineens het gevoel dat ze uren te lang op het strand had liggen bakken en dat haar wangen er nu uitzagen als de knalrode billen van een uit zijn krachten gegroeide aap.

Wat een ongelofelijke blunder! Wat moesten de meiden wel niet van haar denken?

Ze nam gauw een slok koffie om haar antwoord nog even uit te stellen. Maar ja, haar zussen keken haar zo vol verwachting aan, ze moest nu toch wel heel snel met een super-de-luxe smoes op de proppen zien te komen.

„Ik, eh … Ik had even een pakje tampons gehaald en toen ben ik hier even naar de wc geweest, ook om een paraceta-

mol in te nemen, enne … nou, en toen kwam ik Karl toevallig tegen."

„Ja, ja," zei Marlies met een grijns. „Wedden dat je Karl al
veel eerder tegenkwam? En ongesteld ben je volgens mij ook
niet. Jij en de pil vergeten … Da's hetzelfde als badslippers
met een gala-outfit matchen."

Merel kreunde zachtjes. Haar zus hoefde ze niks wijs te
maken op dat gebied. Ze knikte langzaam. „Oké, ik beken."

*Ik liep die leuke Brandon uit de trein ineens tegen het lijf en ik
weet wel dat jij ook verliefd op hem bent, maar ik wil hem lekker
voor mezelf houden. En daarom heb ik net gedaan of ik jou was,
maar helaas … Brandon trapte daar niet in. Hij kon nog wel eens
met vlag en wimpel voor onze spettertest gaan slagen.*

„Ik zag Karl onder aan de skilift," zei ze hardop, „en ik
dacht … Nou ja, we hebben afgesproken dat dit een meidenvakantie is en toen dacht ik … Nou ja, sorry."

Wat zat ze haar zussen vreselijk voor te liegen! Dat kon
ze toch niet maken! Maar ja, het ging hier toevallig wél om
de leukste spetter *ever*. Dus had ze absoluut geen andere
keus.

Ze wreef langzaam over haar neus. Wat schoot ze hiermee
op als Brandon allang wist dat zij Marlies niet was?

Wilde hij háár? Of vond hij Marlies veel leuker? Of was het
toeval geweest dat hij de goeie naam had gebruikt?

Natuurlijk was dat toeval. Of anders een suffe verspreking.
De vent die de M & M's uit elkaar kon houden, moest nog
geboren worden!

En dus mocht Marlies hem absoluut niet ontmoeten! Dat
risico ging ze niet lopen!

Maar ja, ze wist niet eens waar Brandon logeerde, dus hoe
ze dat allemaal ging aanpakken, was nog best even de vraag
…

„We zullen het haar maar vergeven, hè?" hoorde ze
Samantha intussen zeggen.

Marlies knikte met haar oudste zus mee. „Als ze ons tenminste op taart trakteert."

Merel slikte opgelucht. Daar kwam ze weer goed mee weg!

„Tuurlijk trakteer ik jullie op taart. En nogmaals: sorry hoor. Ik ben een beetje duf bezig geweest."

Maar niet heus. Ik ben veel slimmer dan jullie denken! Als jullie nou lekker geloven dat ik weer op Karl val … Dan is Brandon mooi voor mij alleen! In de liefde mag namelijk alles!

„Moeten we zelf maar een tafeltje nemen om jullie niet te storen?" vroeg Marlies. „Of kunnen we hier aanschuiven?"

„Tuurlijk, kom gauw zitten. Karl vindt het ook leuk om jullie weer even te spreken."

Al pratend zwaaide Merel naar de serveerster en die kwam meteen aanlopen. En nou maar hopen dat die zenuwpees niet weer alle koffie over de tafel kieperde!

„Zullen we vanavond met z'n allen naar de 'Londoner Bierstube' gaan?" vroeg Karl, nadat iedereen besteld had. „Daar speelt *Just Help Yourself* vanaf half tien."

Er flitste een steek van opwinding door Merel heen. De 'Londoner Bierstube'! Dát was de naam die Brandon had genoemd!

Oeps! Kijk nou eens wat een smekende blik Karl in zijn ogen had! Die was hun vrijpartij van een paar jaar geleden nog niet vergeten en hij hoopte op een hartstochtelijke herhaling.

Nou, dat was heus het laatste waar zij trek in had! Karl was – op zijn zachtst gezegd – een waardeloze minnaar, en ze had hem na die teleurstellende friemeltoestand zo gauw mogelijk gedumpt. Maar ja, hoe zei je dat netjes zonder dat haar zussen in de peiling kregen dat ze niks in Karl zag?

Bovendien … Als zij Brandon in die 'Bierstube' wilde terugzien, had ze daar even geen pottenkijkers bij nodig!

„Wij houden absoluut niet van jodelmuziek," zei ze kordaat, maar ze was nét te laat met haar reactie.

„*Just Help Yourself*?" vroeg Marlies op precies hetzelfde moment. „Nooit van gehoord."

Karl richtte zijn blik op Marlies. Hij keek nu stomverbaasd. „Nooit van gehoord? Hoe kan dat nou? Het is een Engelse band en die jongens zijn hier hartstikke populair."

„Oh ja?" antwoordde Marlies. „Het zegt me echt niks."

„Mij ook niet," was Samantha's reactie. „Jou, Merel? Jij bent nogal van de Engelse bands?"

Merel schudde haar hoofd. „Nee hoor, geen flauw idee." En ze voegde er in het Nederlands aan toe: „Dat is vast helemaal niks. Daar heb ik niet veel zin in."

„Maar ze staan hier al maanden nummer één op de hitlijst!" riep Karl op de verbijsterde toon. „Die lui zijn echt super klasse!"

„Dat zal dan wel heel wat gaan kosten," merkte Samantha praktisch op.

Karl schudde zijn hoofd. „Je betaalt alleen vijf Franken toegang. Verder niks." Hij keek even nadenkend voor zich uit. „Het is een soort reclame-actie van de 'Londoner Bierstube'. Die zijn vorige maand geopend en ze willen meer bezoekers."

Samantha trok een gezicht. „Dan valt het met die bekendheid vast wel een beetje mee. Beroemde bands spelen niet in kroegjes."

Karl keek bijna beledigd. „De baas van de 'Bierstube' is een goeie vriend van hun manager. Vandaar dat ze daar aan het begin van hun tournee een poosje spelen." Hij kuchte. „En omdat ik de eigenaar ook goed ken, regel ik wel een paar vrijkaarten voor jullie."

Merel voelde er natuurlijk helemaal niks voor. Want dan zat ze de hele avond met Karl en haar zussen opgezadeld, terwijl ze juist al haar aandacht op Brandon wilde focussen. Zonder dat Marlies haar kansen zou verpesten.

Hoewel … Marlies en háár, Merels, kansen verpesten?

Brandon zou wel gek wezen als hij voor Marlies ging, als hij háár kon krijgen. Maar waarom zou ze dat risico lopen als het niet nodig was?

Safety first!

„Nee hoor. Lijkt me helemaal nul komma niks," zei ze heftig. Maar helaas ... Samantha en Marlies knikten enthousiast.

„Oké," zei Marlies. „Tegen zo'n mooi aanbod zeggen we natuurlijk geen nee."

Ze gaf Merel een knipoogje. „Als die band een stelletje *losers* is, heb je in elk geval een leuke avond met Karl."

Merel probeerde het nu over een andere boeg te gooien. „Maar we hebben immers meidenvakantie? En ik heb het al zo verpest."

„Ernst heeft dat etentje met Sam nu voor de tweede keer afgezegd. Hij had een spoedklus, beweerde hij. Dus we kunnen rustig met z'n allen naar die bar."

Al pratend keek ze scheefjes naar Karl, en Merel onderdrukte een zucht. Marlies zag haar in gedachten al met Karl tussen de coulissen verdwijnen, dat was wel duidelijk. Nou, daar begon ze echt niet aan! Maar daar mocht Marlies niks van weten.

Oh help! Hoe loste ze dít nou weer op? Ze wilde Brandon! Tja, voorlopig kon ze het beste maar even meepraten.

Ze deed haar best om een opgewonden, samenzweerderig grijnsje te produceren. „Oké, lijkt me hartstikke gaaf."

Karl keek indringend van de één naar de ander. Omdat ze het grootste deel van het gesprek in het Nederlands hadden gevoerd, had hij er geen bal van verstaan. Maar het woordje 'oké' klonk natuurlijk behoorlijk internationaal.

„Okay?" vroeg hij hoopvol. *„Alles klar?"*

De meiden knikten.

Karl begon stralend te lachen en hij gaf Merel een opgewonden kneepje in haar arm.

„Ich freu' mich d'rauf," zei hij opgewekt.

Nou, zij niet! Gelukkig zette de serveerster, die zich intussen niet meer als *Miss Zenuwpees* gedroeg, eindelijk koffie en taart voor haar zussen op tafel en dat bespaarde Merel een nieuw leugentje om bestwil.

Ze viste haar portemonnee uit haar rugzakje en rekende haastig af.

Verhip, wat zat Marlies toch steeds naar haar te kijken? Hoewel ze vaak hun kleren ruilden, had ze vandaag toch heus niks van haar zusje aan.

„Is er iets?" vroeg ze. „Smaakt het niet, of zo?"

Marlies begon te lachen en riep tussen twee happen door: „Nee, die taart is super, hoor!"

Maar heel natuurlijk zag het er allemaal niet uit. Het leek wel of Marlies ineens auditie voor de toneelschool zat te doen met die overdreven tandpastagrijns op haar gezicht.

Merel keek haar zusje indringend aan en die begon ineens overdreven rood uit te slaan.

„Eh …" aarzelde Marlies. „Jij bent nu met Karl en daarom …"

„Nou …" reageerde Merel aarzelend, maar daarna kwam het leugentje er vlot uit: „Ik vind Karl natuurlijk hartstikke leuk, maar ik wil onze meidenvakantie ook absoluut niet verpesten."

„Zo bedoel ik het niet," zei Marlies, die intussen nog roder was geworden. „Ik, eh …" Ze haalde diep adem, alsof ze met die teug lucht ook een berg moed binnenkreeg.

Wat hád Marlies ineens?

„Zeg het maar gewoon. Ik zal je niet opeten, hoor. Ik zit al vol van de *Baumnußtorte*."

„Nou, weet je nog dat we een paar dagen geleden in de trein zo'n leuke spetter zagen?"

Shit! Het ging over Brandon!

Merel deed of ze nadacht en trok toen haar lippen vragend omhoog. „Een leuke spetter?" zei ze vaag. „We zijn er wel meer dan eentje tegengekomen, volgens mij."

Marlies leek het kookpunt nu helemaal te naderen. Haar gezicht zag eruit als een te hard opgeblazen ballon die op knappen stond.

„Ik bedoel die leuke Engelsman. Brandon," prevelde ze.

Merel probeerde nog vager te kijken. „Oh die," mompelde ze uiteindelijk.

„Die had jou toch gevraagd om in Engeland te komen logeren?" vroeg Marlies.

Merel knikte losjes. „Kan wel zijn, ja. Hoezo?"

„Ik vond hem erg leuk, maar nou heb ik gisteravond per ongeluk …" Ze haalde alweer diep adem. „Ik bedoel, ik ben zijn visitekaartje kwijtgeraakt en nou dacht ik dat jij …"

Merel besloot zich nog maar even van de domme te houden. Haar zus moest vooral niet gaan denken dat zij ook iets in Brandon zag!

„Dat ik wát?" vroeg ze.

„Jij hebt vast ook een visitekaartje van hem gekregen, en-ne … jij gaat nu met Karl, dus dan wou ik vragen of ik misschien …" Marlies hield op met praten en keek Merel aarzelend aan. „Of ik jouw kaartje mag hebben," praatte ze toen door.

Merel deed alsof ze nadacht.

Ik heb helemáál geen kaartje van hem gekregen. Ik heb je alleen maar wijsgemaakt dat hij me uitgenodigd had. Hij sliep toen ik bij hem kwam.

„Eh …" zei ze zo aarzelend mogelijk. „Ik weet eigenlijk niet meer waar ik dat gelaten heb. Volgens mij heb ik het allang weggegooid."

„Weggegooid?" riep Marlies verschrikt. „Dat méén je niet!"

Merel knikte. „Ja, ik weet het alweer. Toen we in Basel overstapten, heb ik het in zo'n prullenbakje gedaan. Bij dat paaltje, weet je wel?"

Ze keek Marlies hoofdschuddend aan. „Sorry hoor. Zo bijzonder was Brandon nou ook weer niet. Wist ik veel dat jij die vent zo geweldig vond?"

„Dit is echt érg," kreunde Marlies en ze zag eruit of ze elk moment in huilen kon uitbarsten.

Er borrelde ineens een lelijk schuldgevoel in Merel omhoog. Wat zat zij haar zus weer voor te liegen dat het gedrukt stond! Maar wat moest ze anders? Het ging hier wél om de leukste spetter van de wereld. Die wilde ze echt helemaal alleen voor zichzelf!

Maar Marlies was duidelijk ook compleet voor de bijl. Wat ontzettend balen! Nou moest ze er helemáál voor zorgen dat die twee elkaar niet tegen het lijf liepen! Maar hoe kreeg ze dat ooit gedaan als iedereen vanavond in die biertent zou zijn?

„Ah joh," zei ze troostend. „Wat kan jou die vent eigenlijk schelen? Er zijn genoeg andere mannen op de wereld, hoor!"

„Maar er is maar één Brandon," snikte Marlies.

Merel slikte.

Daar had Marlies een heel sterk punt. Er was maar één Brandon …

En daar kwam haar verlegen zusje Marlies *never* nooit niet aan te pas.

Brandon was alleen voor haar!

Zeker weten van *yes*!

4

Jorg draaide met een vlot gebaar de douchekraan dicht, sloeg een groot badlaken om zich heen en stapte energiek de mistige douchecabine uit.

Hè, die lange, saaie treinreis was gelukkig weer uit zijn benen! Hij voelde zich weer een beetje mán.

Met de trein was weliswaar iets minder vervelend dan uren opgepropt in een vliegtuig hangen, maar het scheelde toch niet veel.

Ach wat, hij hield gewoon niet van reizen, dát was het.

Jorg gooide de handdoek achteloos op bed en onthulde op die manier een prachtig gespierd mannenlichaam met alles erop en eraan.

Jammer dat Sam er niet was om van het uitzicht te genieten. Hij had gigantisch veel zin in zijn lekkere vrouwtje! Maar hij moest nog even geduld hebben voor hij haar weer in zijn armen kon sluiten.

In Samantha's hotel 'Zum alten Adler' was er geen plek meer voor hem vrij geweest, dus had hij noodgedwongen genoegen moeten nemen met een kamer in dit achterafhotelletje, dat ook nog eens zo ongeveer halverwege de berghelling lag.

Hij keek wat misprijzend om zich heen. Een ouwe zooi was het hier! Nou ja, alles beter dan in die ijzige kou op straat te moeten slapen. Shit, hij had toch zo de pest aan sneeuw! En dan te bedenken dat hij nu lekker in een tropisch zonnetje had kunnen zitten.

In zichzelf mompelend viste hij een felrood boxershort uit zijn koffer, zocht er een T-shirt bij, ging op zoek naar een stel schone sokken en kleedde zich langzaam aan.

Daarna ging hij met zijn benen languit op het bed zitten, propte het kussen in zijn rug en pakte zijn mobieltje van het nachtkastje.

Natuurlijk was het veel goedkoper om de telefoon van het hotel te gebruiken, maar dan zou het Samantha meteen opvallen dat hij niet vanuit Isla Margarita belde. Hij had geen zin om de verrassing nu al te verpesten.

Hé, wat was dat daar in die hoek? Een koelkast?

Zouden ze bier hebben?

Jorg ging controleren of zijn vermoeden klopte en even later zakte hij met een zielstevreden gezicht én een groot blik bier weer op het bed.

Was dat even een meevaller!

Hij tikte fluitend Samantha's nummer in, nam een grote slok van zijn ijskoude drankje en wachtte ongeduldig op de dingen die komen gingen.

„Hé, Jorg," zei ineens een aarzelende stem in zijn oor. „Fijn dat je belt ... Ik, eh ..."

Jorg vulde de stilte meteen op. „Ik heb me een beetje aangesteld, geloof ik. Sorry."

Hij hoorde haar opgelucht zuchten. „Het spijt mij ook, Jorg. Ik had natuurlijk nooit zomaar een reis moeten boeken." Haar stem werd schor. „En nou is het mooie petitfours-schaaltje van je tante ook nog naar de knoppen."

Hij schoot in de lach. „Geen punt, hoor. Ik vond het een oerlelijk ding."

„Echt waar? Ik dacht dat je eraan gehecht was."

„En dan gooi jij het expres stuk?" grapte hij. „Mooie boel met jou!"

Samantha zei niet meteen wat terug en Jorg gniffelde. „Geeft niks, joh. We halen bij de Blokker wel een nieuw wanproduct, dat valt tante Carla toch niet op."

„Nee, tante Carla gaat voor wat er allemaal óp dat schaaltje ligt," vulde Samantha aan. „Hé, is het een beetje uit te houden op Isla Margarita?"

„Hartstikke gaaf hier. Dertig graadjes, mevrouw!"

Onder nul dan, hè.

„Zeker veel mooie vrouwen op het strand?" informeerde Samantha en Jorg hoorde ineens hoe achterdochtig haar stem klonk. Alsof ze dacht dat hij de bloemetjes wel eens lekker buiten zou gaan zetten!

Hij keek naar de kale kamer met het oersaaie behang en de kille sneeuwvlokjes die langs het verzakte raam naar beneden kwamen dwarrelen.

Mooie vrouwen? Hier? Nee, van hém had Sam niks te vrezen. Maar hoe zat het met haar? Stikte het in haar hotel soms van de knappe skileraren? Hij nam een flinke slok van zijn bier. „Ik heb nog niks van het strand gezien. Ik ben net aangekomen."

En op de keper beschouwd was daar geen woord van gelogen.

„Goeie reis gehad?" vroeg Samantha.

„Yep, alleen een beetje saai om zo lang stil te zitten."

En ook die zin klopte helemaal.

„Ja, reizen is altijd het minst leuke deel van een vakantie. Maar nou kun je lekker in de zon gaan zitten, joh."

Was het maar waar!

„Ja, daar verheug ik me hartstikke op. Maar vertel eens, hoe gaat het daar in, eh … Waar zit je ook alweer?"

„Zermatt."

„Oh ja, Zermatt. Hoe is het daar?"

Alsof hij dat nog niet wist …

„Heel gezellig met mijn zussen. Alleen …"

„Alleen wát?"

„Ik vind het maar niks dat jij er niet bent. Ik mis je."

Jorg smolt en hij had bijna verteld dat hij óók in Zermatt was.

Bijna …

Maar hij deed het niet.

Want ineens was het alsof hij de stem van Merel weer vrolijk hoorde roepen: '*Samantha wil natuurlijk vooral vanwege Ernst naar Zermatt.*'

Hij wist nog goed hoe hij op die opmerking had gereageerd. *'Ernst? Moet ik die kennen?'*

'Nee, jij niet,' was Merels antwoord geweest. *'Maar Sam wél. Ernst was haar eerste grote liefde, hè Sam?'*

En Sam had een knalrode kop gekregen en hem de rest van de avond niet meer echt aangekeken …

Hij wreef over zijn ogen. Alsof hij met die beweging het plotselinge onrustige gevoel kon wegwrijven. Maar dat werkte natuurlijk niet.

Hij kuchte. „Ik mis jou ook, Sam. Maar dat is nou even niet anders. Wat ga je vanavond doen?"

„Naar een après-ski bar. Er speelt één of andere Engelse band. Iets van 'Help Yourself' of zo."

Hij trok een gezicht. „Nooit van gehoord."

„Die schijnt hier in Zwitserland erg beroemd te zijn. Ik bel je morgen wel om te zeggen of het wat was. We gaan zo eten en ik moet me nog even verkleden."

Verkleden? Hoezo verkleden? Voor wie doe je al die moeite eigenlijk?

„Ga ik lekker een Cubaatje libre halen in de bar," zei Jorg hardop, „en eens even op het strand kijken. Veel plezier en een kusje."

„Kusje terug," antwoordde Samantha en ze klikte de verbinding weg.

Jorg staarde nadenkend naar zijn mobiel.

Het gesprek was niet helemaal naar wens verlopen. Samantha deed of ze hem miste, maar ze ging wél lekker uit.

Met haar zussen …

Of …?

Hij knikte langzaam. Hij hoefde zich niet schuldig te voelen dat hij Sam wat had zitten wijsmaken. Punt één was dan zijn verrassing de mist in gegaan en punt twéé kon het helemaal geen kwaad om ook eens naar die après-skibar te gaan. Dan kon hij toch eens gaan kijken wat Sam zoal aan het uitspoken was als ze dacht dat hij buiten beeld was.

Dat kun je niet maken, Jorg. Je bent Indiana Jones niet!

Ach wat! Hij ging toch zijn vrouw niet bespioneren. Natuurlijk niet! Het was gewoon voor de zekerheid. Toch?

'Ernst was haar eerste grote liefde, hè Sam?' echode Merels stem waarschuwend in zijn hoofd.

Hij dronk zijn blikje leeg, zwaaide zijn benen van het bed en trok een poloshirt aan.

Eerst maar eens een hapje eten en daarna zien dat hij überhaupt bij die geweldige band terechtkwam. Dat kon namelijk nog wel eens lastig worden. Eerst moest hij bij de receptie het adres van die bar achterhalen en dan was Zermatt ook nog eens autovrij. Alle kans dat hij een arrenslee moest inhuren. Zo'n houten geval met een dampend paard ervoor, dat zo'n vierkant, leren zakje onder zijn kont had hangen …

Bah! Waarom moest hij ineens aan snelle speedboten, een warme zon en kristalblauw, helder water denken?

Jorg stapte de gang op, waar hij begroet werd door een indringende walm van aangebrande kaas en te hard gebakken varkensvlees.

Hij snoof. Dat beloofde niet veel goeds voor het diner. Eerst maar eens kijken wat er zoal uit de keuken kwam, anders kon hij beter ergens in het dorp een tentje opzoeken.

Terwijl de stank bij iedere stap erger werd, liep Jorg via een smalle trap naar de begane grond, waar een volslanke receptioniste van middelbare leeftijd hem vanachter de balie op een vriendelijk lachje trakteerde.

Het was een kale houten balie met een verveloze muur op de achtergrond. Om het geheel nog iets van stijl te geven, waren er allerlei vrolijk gekleurde posters opgehangen.

'Iets goed te maken?' las Jorg. 'Zeg het met bloemen!' En daaronder werd vermeld dat de receptie daar graag voor zou zorgen.

Jorg bleef nadenkend staan. Zou hij Sam een bloemetje

sturen? Hij had natuurlijk niet echt wat goed te maken, tenminste …

Hij liep naar de receptioniste, die een goudkleurig naamplaatje met 'Armgard' op haar omvangrijke borstpartij had geprikt en wees op de poster. „Ik wil mijn vrouw graag een mooie bos rode rozen sturen. Kan dat vanavond nog?"

Armgard knikte. „Ja hoor, waar moeten ze heen?"

„Naar hotel 'Zum alten Adler' hier. Naar Samantha Molenaars-van Delden."

Armgard pakte een schrijfblok, greep een pen en keek Jorg glimlachend aan. „Kunt u dat nog een keer herhalen?"

Jorg herhaalde geduldig wat hij had gezegd, maar veel resultaat leverde dat niet op. Daarom zei hij het nog maar een keer. En nóg eens.

Maar Armgard ging alleen maar steeds moeilijker uit haar ogen kijken.

Jorg gebaarde met zijn vinger naar het schrijfblok. „Zal ik het even voor u opschrijven?"

Armgard gaf hem de pen en Jorg sloofde zich uit om een leesbaar verhaal op papier te zetten.

Armgard bekeek het met samengeknepen ogen en knikte.

„En wat moet er op het kaartje staan?"

Jorg pakte het blok terug en schreef: 'Lieve Sam. Ik hou van je. Kusje van Jorg.'

Armgard las het en haar gezicht werd nu één en al vraagteken. „Eh … Dat kan ik niet lezen."

Jorg slikte de opkomende ergernis weg. Wat een onzin nou weer.

Als Sam het maar lezen kon!

„Dat is toch niet zo'n punt?" vroeg hij wat kortaf. „Dat kaartje is toch niet voor u bedoeld?"

„Nee, maar ik geef de opdracht telefonisch door, dus, eh …"

Jorg onderdrukte een zucht en begon toen uitvoerig uit te

leggen wat er allemaal op het kaartje moest.

Het kostte hem nog minstens een kwartier voor de bestelling uiteindelijk helemaal rond was en als klap op de vuurpijl moest hij voor het boeketje weg-met-dat-nare-schuldgevoel ook nog eens omgerekend 55 euro afrekenen.

Vijfenvijftig euro voor een duf bosje rozen!

Alsof je een emmer leeggoot!

Eigen schuld natuurlijk. Dan had hij maar eerst moeten vragen wat het kostte.

Weer wat geleerd. Jammer dat het zo'n duur lesje was.

Hoeveel blikjes bier had hij daar wel niet voor kunnen kopen!

Zuchtend liep hij naar zijn kamer terug om zijn jas te gaan halen.

***

Samantha zat met haar zussen aan tafel van een grote pot kaasfondue te genieten.

Om de beurt doopten ze een stukje grijsachtig Walliser boerenbrood in de plakkerige massa en ze hadden de grootste lol, omdat de eterij natuurlijk algauw in een complete knoeiboel ontaardde.

„Frau Van Delden?" vroeg de serveerster onverwacht.

De meiden keken alle drie tegelijk op.

„Ja?" klonk het in koor.

De serveerster legde een grote bos knalrode rozen op de tafel en keek wat aarzelend van de één naar de ander.

„Deze rozen zijn voor Frau Van Delden," zei ze langzaam.

Samantha grinnikte. „Zo heten we alle drie. Tenminste ..."

Marlies zat er het dichtste bij en ze deed een greep naar het adreslabel.

„Wow," zei ze en ze keek met samengeknepen ogen naar Samantha. „Ze zijn voor jou, Sam."

„Wat spannend!" riep Merel. „Laat eens kijken?" Ze pakte het label van Marlies aan en las hardop: *„Frau Samantha van Delden, Hotel 'Zum alten Adler', Zermatt."*

Samantha wist niet wat ze hoorde. Waren die rozen écht voor haar? Maar dat kon toch niet? Wie zou haar nou bloemen sturen? En nog wel onder haar meisjesnaam?

Ernst misschien? Ze voelde het bloed op slag heel hinderlijk naar haar wangen stijgen. Kwamen die rozen soms van Ernst?

Marlies pakte intussen een blauwgetint kaartje van de bos.

„Ze zijn van ene Jock."

„Jock?" prevelde Samantha verbijsterd. „Wie mag dat zijn?"

„Ja, dat willen wíj ook wel eens weten." Marlies trok plagend een wenkbrauw omhoog. „Moet je 's horen wat erop staat."

Ze wachtte even om alle aandacht van haar zussen te krijgen en las op gedragen toon voor: *„Samantha, ich liebe dich. Küsschen Jock."*

„Een kusje van Jock," grinnikte Merel. „Wow zeg! Dat willen we allemaal wel, hè Marlies."

„Als het een spetter is, graag!" reageerde Marlies en ze keek Samantha vragend aan. „Vertel 's, Sam? Wie is Jock? Een ouwe vlam van je?"

Merel maakte het allemaal nog erger. „Laat dat 'ouwe' maar weg," riep ze plagend. „Die Jock is nog steeds hartstikke verliefd op je."

„Maar ik kén helemaal geen Jock," barstte Samantha los. „Laat eens lezen?"

Marlies schoof het blauwe stukje karton naar haar zus.

'Samantha, ich liebe dich. Küsschen Jock.'

Het was geen geintje van Marlies. Het stond er écht.

Samantha bloosde, zoals ze nog nooit gebloosd had. „Dit is vast een vergissing," stamelde ze helemaal overdonderd, „Ik zou niet weten wie dat is. Echt niet!"

„Ja, ja," zeiden haar zussen tegelijk. „En dat moeten wij geloven? Denk nog maar eens goed na over alle *lovers* die je in de loop van de ..."

„Ik ben niet dement," viel Samantha uit. „Ik weet heus nog wel met wie ik iets gehad heb." Ze leunde achterover en besloot resoluut: „En Jock is daar niet bij."

Marlies wreef over haar neus. „Die naam zegt mij eigenlijk ook niks. Jou, Merel?"

Merel schudde langzaam haar hoofd. „Er gaat bij mij ook geen belletje rinkelen. Spannend hoor, Sam! Je hebt een geheime minnaar! En het is niet eens Valentijnsdags."

Al pratend wenkte ze de serveerster. „Heeft u toevallig gezien wie dit bezorgd heeft?"

„De koerier van de bloemenbezorgdienst."

„De bloemenbezorgdienst?"

De serveerster verplaatste haar gewicht van de ene naar de andere voet. „Daar kun je telefonisch een bestelling op geven. Wij hebben die service ook."

„En waar komen deze vandaan? Weet u dat misschien?"

„Geen idee." De serveerster haalde haar schouders op. „U kunt het beste even contact opnemen met de bezorgdienst. Telefoonnummer staat op het label."

„Bedankt," zei Merel en ze greep haar mobieltje.

„Laat maar, joh," protesteerde Samantha. „Het is vast een vergissing. Ik wíl het niet weten."

„Oh, maar wij wél hoor." Merel tikte het nummer in en toen er werd opgenomen, maakte ze er in haar beste Duits een hele toestand van.

Uiteindelijk klikte ze de verbinding weer weg en keek haar zussen balend aan.

„De bestelling komt van 'Pension Alpenblick', ergens halverwege de berg daarachter. Maar meer wisten ze er ook niet over te vertellen. Jammer hoor, ik ben hartstikke benieuwd."

„Nou ik niet," verklaarde Samantha. „Ik heb het daarstraks aan de telefoon namelijk weer goedgemaakt met Jorg. Die bloemen zijn vast voor een van jullie bedoeld."

Merel grinnikte. „Er staat écht Samantha op, twee keer zelfs. Maar als je het niet wilt vertellen omdat we meidenvakantie houden … Oké, kan ik in komen."

Voor Samantha wat terug kon zeggen, zette de serveerster een vaas met water op de tafel en schikte de rozen daar netjes in.

Daarna legde ze haar handen met een vermoeid gebaar in haar zij en strekte haar rug. „Willen jullie nog een toetje?" vroeg ze.

***

Het was half tien en de grote discozaal van de 'Londoner Bierstube' begon al aardig vol te stromen met jonge mensen. Na een dag van ijzige sneeuw, onverwachte valpartijen en andere ontberingen hadden die allemaal geweldige zin om eens lekker uit hun dak te gaan.

In een hoek van de ruimte was een driehoekig podium opgezet, dat, in afwachting van de dingen die komen gingen, van de zaal was afgescheiden door een rood theatergordijn. Het werd beschenen door felle discolampen, die in een soort druipende groene letters *Just Help Yourself* op de plooiende stof projecteerden.

Ongezien door het publiek baande Brandon zich een weg over het toneeltje. Het was niet bepaald een makkelijke wandeling, want de kleine ruimte stond volgepropt met alle mogelijke muziekinstrumenten en de vloer was bezaaid met een chaotische rommel van kabels en stekkerdozen, die pas na het eerste concert een definitieve plek zouden krijgen.

Natuurlijk hadden ze samen met de jongens van de techniek alles uitvoerig getest, maar dit was geen gerenommeerde muziekzaal. Het was altijd maar weer afwachten wat het geluid ging doen als zo'n ruimte afgeladen was met mensen. En zo te horen was het al aardig druk.

Brandon koerste naar een spleetje in het gordijn. Hij vond het altijd leuk om voor een optreden even te kijken hoe de zaal zich gedroeg en of hij toevallig nog bekende gezichten zag.

En vanavond was hij extra nieuwsgierig.

Zouden ze er zijn, die drie *Dutch Sisters*? Merel, Samantha en Marlies, drie geweldige Hollandse meiden, die er helemaal van overtuigd waren dat hij een Brit was …

Hij grinnikte. Dat klopte maar voor de helft. Zijn pa was inderdaad een Engelsman, maar zijn moeder was volbloed Nederlands. En hij was tweetalig opgevoed …

Hij grinnikte opnieuw. De drie Hollandse meiden hadden daar geen flauw idee van!

Neem nou Merel. Die had vandaag via haar mobiel ongeneerd allerlei meidenzaken met haar zussen besproken, terwijl hij naast haar stond mee te luisteren.

Geinige meid, die Merel. Die kon echt liegen dat het gedrukt stond! Het leukste was dat ze er geen flauw benul van had gehad dat ze met de wereldberoemde leadsinger van *Just Help Yourself* aan de koffie zat. Ze had hem zelfs heel onschuldig gevraagd wat hij voor baantje had.

En zoals Marlies in de trein zijn koffie had betaald, terwijl Samantha haar luidkeels zat te waarschuwen om uit te kijken voor oplichterstrucjes …

Een verademing, die meiden! En dat wilde hij voorlopig toch maar zo houden. Het zou jammer zijn als ze zich ook als hysterische fans zouden gaan gedragen.

Oké, zonder fans kon een band natuurlijk niet en hij was ook hartstikke blij dat ze zo populair waren, maar af en toe wilde hij toch ook gewoon even zichzelf kunnen zijn!

Brandon stapte over een verwarde kluwen loshangende

kabels heen, keek omzichtig achter het gordijn en speurde het zaaltje af.

Publiek genoeg, maar de meiden zag hij nog niet. Of zou Merel alleen komen?

Nou ja, wat maakte het uit? Hij wist waar ze logeerden. Hij had het adres niet alleen in de trein op het label van hun koffers zien staan, Merel had vanochtend ook nog tegen haar zussen gezegd, dat ze naar 'Zum alten Adler' terugging om haar zogenaamde buikpijn uit te zieken.

Dat ging hem dus wel …

Hij kneep zijn ogen tot spleetjes. Kwamen ze daar net binnen? Of zag hij dat verkeerd?

„Hé Brandon, ga je die duffe pruik nog af zetten?" klonk de stem van de gitarist achter hem. „*We're getting started.*"

Brandon draaide zich half om. „*No way!* Ik wil niet dat ze me herkennen."

„Je wilt niet herkend worden? Man, die maffe kop van jou staat al maanden in alle bladen!"

„Het gaat mij om een stel Hollandse meiden," reageerde Brandon, „in Nederland …"

Op dat moment bleef de gitarist met zijn voet achter een kabel hangen, maakte een gigantische sprong om zijn evenwicht terug te krijgen en knalde in volle vaart tegen Brandon aan.

Die schoot naar voren door de onverwachte klap en toen hij wanhopig om zich heen graaide om een steuntje te vinden, vonden zijn vingers de rand van het gordijn.

Hij greep zich stevig vast, maar omdat hij zoveel vaart had, vloog de lap stof soepel met hem mee, zo de zaal in.

Helaas was het gordijn uitsluitend bedoeld om daar keurig te hangen en de haken waar het provisorisch mee vastzat, waren niet bepaald geschikt om Tarzannetje mee te spelen.

De boel scheurde dan ook luid krakend af en Brandon duikelde, omwikkeld door meters rode stof, voor het podium op de houten vloer.

In zijn val werkte hij een hele rij gillende fans tegen de vlakte, die vervolgens nog meer lawaai begonnen te maken dan ze al deden.

De gitarist balanceerde intussen nog even op het ronde houten randje, dat aan de zijkant langs het podium was gemaakt om het publiek het zicht op de kabelmassa te ontnemen. Maar algauw verloor hij de ongelijke strijd met de zwaartekracht en landde boven op Brandon.

Van alle kanten kwam er personeel aan rennen, maar omdat het publiek ook niks van de toestand wilde missen, was het in *no time* een geweldige zooi in het zaaltje.

De gitarist schoof kreunend van hem af en Brandon ging wat dizzy rechtop zitten. Hij kneep zijn ogen dicht en schudde met zijn hoofd als een krolse kat die vanwege haar voortdurende jammerkreten een bak ijskoud water over zich heen heeft gekregen.

Daarna streek hij automatisch een hinderlijke pluk haar uit zijn ogen, maar omdat hij even was vergeten dat hij een pruik droeg, trok hij die door de beweging integraal van zijn hoofd af.

Brandon schrok zich rot.

De pruik!

Zijn cover!

Met een beetje pech hadden de drie meiden hem gezien!

In ijltempo trok hij een stuk gordijn over zijn hoofd en krabbelde op de been. Onnodig te zeggen dat hij daarbij ernstig werd gehinderd door de enorme lap stof, die een beetje normaal lopen natuurlijk compleet onmogelijk maakte.

Terwijl hij moeizaam naar de deur naast het podium schuifelde, zag een groepje enthousiaste fans de kans schoon en zij begonnen aan alle kanten aan hem te plukken en te trekken.

Gelukkig had de 'Londoner Bierstube' een eigen veiligheidsdienst en de stoere jongens van de bewaking hadden zich eindelijk door de massa heen naar het podium weten te werken.

Ze hielpen de omgevallen bezoekers weer overeind en plukten vervolgens de opdringerige fans letterlijk van Brandon af, zodat die *back stage* een goed heenkomen kon zoeken.

„Sorry hoor," zei de gitarist, die daar inmiddels ook aangekomen was. „Ze mogen die ellendige kabels wel wat beter wegwerken."

Brandon schonk een kop koffie in en nam een flinke slok. „Kan gebeuren, hoor. Volgens mij zijn de fans allemaal heel gebleven."

„Ik heb anders wél het gevoel dat ik net onder een wals vandaan kom," klaagde de gitarist. „Ik zit onder de blauwe plekken."

„Niet zo piepen, Andy," bemoeide de drummer van *Just Help Yourself* zich met het geval. „Jij bent lekker zacht geland, *right*, Brandon?"

Brandon schoot in de lach. „Ja, ik heb al zo vaak gezegd dat Andy eens moet stoppen met al die hamburgers eten. Ik kreeg die honderdtwintig kilo en nog wat voluit boven op me."

De deur klapte open en de manager kwam zenuwachtig binnen draven. „*Everybody okay?*" riep hij gejaagd.

„*We're all fine,*" grinnikte Brandon.

„*Okay. Let's get started, folks!*" De manager draafde weer weg.

„Slavendrijver," mompelde gitarist Andy, maar daarna begon hij braaf zijn spullen bij elkaar te zoeken.

Brandon liep naar een spiegel en zette zijn pruik weer op.

Aan de slag dan maar. Dan merkte hij straks vanzelf wel of de *Dutch girls* hem herkend hadden.

***

Jorg had met veel moeite én de hulp van receptioniste Armgard een elektrische taxi weten te charteren. Het ding deed hem onmiddellijk denken aan het ouderwetse geval waarmee Oma Duck zich in de bekende kinderstrip placht voort te bewegen en toen hij het vehikel in de gaten kreeg, had hij bijna luidkeels om een teiltje geroepen.

In zo'n belachelijke kar wilde je toch nog niet dood gevonden worden!

Maar het alternatief was een arrenslee met paard en daarom was hij na een paar keer diep ademhalen toch maar ingestapt.

De chauffeur was een praatgrage, wat oudere Zwitser, die direct een heel verhaal begon en daarbij ook voortdurend om zich heen wees. Jorg begreep dat de bestuurder hem een rondleiding Zermatt aan het geven was, maar omdat de man een onverstaanbaar dialect sprak, ging de informatie compleet aan Jorg voorbij.

De chauffeur keek hem na een tijdje zó afwachtend aan, dat Jorg het zielig begon te vinden. Daarom knikte hij maar eens als antwoord en mompelde: „Joa, joa."

Dat sloeg natuurlijk helemaal nergens op, maar hij vond het zelf best wel Zwitsers klinken en zijn gesprekspartner leek er erg van op te knappen.

Die ging met hernieuwde energie door met ratelen en Jorg besloot even later om zijn succesnummer nóg maar eens op te voeren. „Joa, joa," knikte hij vrolijk.

Gelukkig duurde de rit niet lang.

Het karretje stopte en terwijl de chauffeur weer de nodige onverstaanbare klanken ten gehore gaf, wees hij op een groot Zwitsers chalet, dat een eindje van de weg af stond en behangen was met kleurige Engelse vlaggen. De ingang had veel weg van een Londense telefooncel en ten overvloede prijkte er ook nog een bordje met 'Londoner Bierstube' op de gevel.

Geen twijfel mogelijk. Hij was op zijn bestemming. Met

een beetje mazzel had hij over een paar minuten zijn eigen lekkere Samantha in zijn armen!

Hij had toch zo'n zin in haar! Als hij haar zo meteen gevonden had, moesten ze maar zo snel mogelijk naar zijn hotel zien te komen. Hij had ineens het gevoel dat hij geen minuut meer kon wachten tot ze eindelijk samen waren. Hun laatste vrijpartij was onderhand eeuwen geleden!

Jorg betaalde, groette vriendelijk en haastte zich de Oma Duck-auto uit. Het karretje reed geruisloos weg en Jorg wandelde over een smal tegelpaadje naar de ingang.

Nou, dat was een behoorlijk heftige band die ze daar binnen hadden. Met iedere stap die hij deed, werd de stampende herrie harder en harder.

De deur was stevig dicht en Jorg keek rond naar een bel. Maar die zat er niet.

Dan zou die deur wel klemmen. Jorg greep de klink opnieuw beet, drukte hem met al zijn kracht naar beneden en duwde tegelijkertijd met zijn schouder tegen de deur.

Maar die gaf geen krimp. De boel zat potdicht.

Jorg bonkte een paar keer stevig met zijn vuist op het hout, maar dat leverde niks op. Geen wonder natuurlijk, die band maakte zo'n lawaai, daar vielen die zielige klapjes van hem helemaal bij in het niet.

Jorg keek aarzelend rond. Wat nu?

Het raam dan maar. Hij liep naar het raam, zette zijn hand boven zijn ogen om meer beeld te krijgen en tuurde naar binnen.

Eerst zag hij maar weinig. Tenminste, hij zag een deinende mensenmassa van dansende paren die gehuld waren in een rokerige, blauwe walm, maar daar was geen bekend gezicht bij.

Toch?

Hij kneep zijn ogen half dicht en staarde zo ingespannen door het raam dat de tranen over zijn wangen begonnen te lopen. Jorg snoof. Kon ook van de kou zijn natuurlijk. Als hij hier nog drie minuten moest blijven staan, vroor hij geheid aan de tegels vast.

Het was trouwens een gigantische rookzooi daarbinnen, alle kans dat de meiden allang weer naar huis waren.

In gedachten echode Merels stem ineens door zijn hoofd.

Die vieze rook is zó verschrikkelijk slecht voor je huid. Let maar eens op! Je kunt aan een vrouw precies zien of ze rookt. Dan lijkt haar gezicht meer op een grijs, uitgedroogd appeltje dan op een sappige perzik met rode wangetjes. Daar kan alle make-up van de wereld never nooit niet tegen op.

Jorg gniffelde. Merel was nogal fanatiek als het over roken ging. Ze beweerde dat ze in haar beautytentje de meest vreselijke dingen zag, maar Merel had natuurlijk wel vaker enge verhalen.

Wow! Daar had je Samantha! En wat zag ze er goed uit! Ze droeg dat mooie zwarte jurkje waarin haar benen altijd nóg langer leken. Ook haar borsten kwamen er trouwens geweldig in uit. En ze had er die gave zilveren spijkerlaarsjes bij aangetrokken!

Oh, hij kon bijna niet wachten tot hij haar al dat moois weer uit kon trekken!

Ze danste met Merel.

Nee, dat zag hij verkeerd. Merel was met die lange vent. Kijk maar, die sloeg net een arm om haar middel. Hmmm, zo te zien had Merel daar niet veel op tegen.

Zijn blik gleed naar zijn vrouw.

Shit! Sam had ineens ook een arm om haar taille! En die was niet van haar zus.

Een andere man!

Samantha danste met een andere man!

Dat was vast zo'n oververhitte skileraar. Die lui vonden zichzelf altijd supergeweldig.

Nee hè!

Nou legde Sam haar hoofd op die kerel zijn schouder en die ellendige vent trok haar ook nog heel dicht tegen zich aan. Samantha protesteerde niet eens.

Wel alle gloeiende, gloeiende, gloeiende …!

Hij had haar nog geen uur geleden voor 55 euro aan rozen gestuurd! En nou stond ze met een andere man te flikflooien!

Maar dat pikte hij niet!

Jorg begon als een bezetene op de ruit te bonken, maar Samantha hoorde daar blijkbaar niks van. Die kroop nog dichter tegen dat stuk verdriet aan!

Woedend rukte Jorg zijn mobiel tevoorschijn en tikte Samantha's nummer in.

Mooi zo, de telefoon ging over.

Hij keek weer door het raam om niks van Samantha's verraste gezicht te hoeven missen, maar hij zag algauw dat ze geen enkele poging deed om haar mobiel te pakken.

Die stond dus óf uit óf ze hoorde hem niet door al die herrie.

'*Hallo, dit is de voicemail van Sam!*' klonk haar vrolijke stem in zijn oor. '*Ik ben nou even wat anders aan het doen. Spreek na de piep je boodscháp in.*'

Jorg ontplofte bijna. Sam was nou even wat anders aan het doen! Ja, dat zag hij zo ook wel!

In machteloze kwaadheid begon hij weer op de ruit te bonken.

„Sam!" schreeuwde hij uit volle borst. „Samantha! Laat die vent los. Je bent met míj getrouwd!"

Maar Samantha had alleen maar aandacht voor die kwakbol.

Verdraaid! Was er dan niemand die hem hoorde?

Alsof ze op deze verzuchting hadden staan wachten, zwaaide de buitendeur van de 'Londoner Bierstube' open en kwamen er drie sportieve bodybuilders-in-uniform aangespurt.

Voor Jorg het in de gaten had, grepen sterke handen hem beet en trokken hem bij het raam weg.

„Mijn vrouw!" schreeuwde Jorg en hij worstelde hevig om los te komen. „Mijn vrouw staat daar met een ander te flik-flooien!"

Maar de bewakers verstonden daar natuurlijk niets van en ze zetten hun gezamenlijke houdgrepen nog even extra stevig aan.

Jorg had de sportschool natuurlijk ook al heel wat keren vanbinnen gezien en een watje kon je hem zeker niet noemen. Maar drie man was ook voor hem een beetje te veel van het goede.

Jorg besefte algauw dat zijn kansen niet gunstig lagen. Hij kon maar beter ophouden met zich zo te verzetten. Een rustig praatje leverde waarschijnlijk meer resultaat op.

„Sorry!" riep hij in zijn beste Duits. „Het spijt me! Ik zal me gedragen."

De mannen lieten hem los en deden als op afspraak alle drie een stap achteruit, zodat Jorg gelegenheid kreeg om weer even in te ademen.

„Ik wil graag naar binnen," verklaarde Jorg op zijn meest beleefde toontje. „Ik zag mijn vrouw namelijk daarbinnen met een andere man dansen. Daardoor sloeg ik een beetje …"

Hij stopte met praten. Wat was 'op tilt' in vredesnaam in het Duits? En hij had ook geen idee hoe je 'ik ging vreselijk door het lint' moest vertalen. Nou ja, dan maar een andere zin proberen.

„Daarom draaide ik misschien een beetje door," vervolgde hij, „Het spijt me heel erg."

De mannen waren duidelijk niet onder de indruk van zijn verklaring. Ze stonden hem met over elkaar geslagen armen argwanend te bestuderen.

„Hebt u gedronken?" vroeg de meest stoere, die een naamplaatje met *'Peter, Head Security'* op zijn revers had.

Jorg schudde zijn hoofd. „Alleen een blikje bier."

Nou ja, drie misschien. En ook nog een wijntje bij de schnitzel, maar dat was niet om over naar huis te schrijven.

De mannen trokken een gezicht alsof ze hem niet geloofden.

Dat was hun probleem. Toch?

„Ik wil graag naar binnen. Mijn vrouw gaat vreemd."

Peter schudde zijn hoofd. „Dat zal niet gaan. We zitten vol."

Vol?

Jorg keek de mannen ontzet aan. „Vol? Maar eentje meer of minder maakt toch niet uit?"

„De kaartjes zijn op en in verband met de brandveiligheid mag er niemand meer in."

„Ja maar, mijn vrouw …"

„Dat is heel jammer voor u, meneer. Regels zijn regels."

Jorg werd kwaad. Regels zijn regels. Wel potverdrie! Die stomme verter waren ook allemaal hetzelfde!

Ze konden hem toch niet zomaar voor de deur laten staan? Hij moest naar Sam!

Hij deed een stap in de richting van de ingang, maar daar trapten de heren bewakers helaas niet in. Die sloten meteen de gelederen en Jorg kwam geen centimeter meer verder.

„Ik wil naar mijn vrouw!" schreeuwde Jorg.

Er kwam een Oma Duck-wagentje de straat in rijden en dat stopte bijna precies voor hun voeten.

Er stapte een wat oudere meneer uit, die vriendelijk groette en met een kaartje zwaaide. De bewakers groetten netjes terug en stapten opzij om de man door te laten.

Jorg hád het niet meer. Die slijmjurk mocht wél naar binnen, terwijl ze hém hier een beetje op de stoep wilden laten staan.

Maar dat pikte hij never nooit niet!

Helaas voor Jorg hadden de bewakers een prima opleiding genoten en ze zaten ook al heel wat jaartjes in het vak. Ze hadden dan ook meteen in de gaten dat de ordeverstoorder een vertwijfelde uitbraakpoging wilde wagen.

Terwijl Jorg naar voren sprong, stak stoere Peter ontspannen zijn – in een gitzwarte, leren soldatenkist gestoken – voet uit.

Jorg duikelde daar integraal overheen en klapte languit op de ijzige keitjes, waar hij even versuft bleef liggen.

„Waar logeert u?" vroeg Peter de Stoere.

Terwijl hij Jorg letterlijk van de straat raapte, deed de andere bewaker alvast de deur van de *Oma Duck*-kar open en zei iets tegen de chauffeur, die enthousiast begon te knikken.

Jorg werd nog kwader. Ze wilden hem naar zijn hotel sturen! Maar dat ging mooi niet door. Hij piekerde er niet over om die ellendige kerels hun zin te geven!

„Ik wil naar binnen!" snauwde Jorg.

Head Security Peter haalde losjes zijn schouders op. „Ofwel u gaat nu naar uw hotel terug," zei hij langzaam, „Of ik rijd met u mee naar de politiepost." Er trok een ingehouden grijns over het robuuste gezicht. „Dan mag u op staatskosten een nachtje in de cel logeren."

Hij trok de deur van de taxi nog wat verder open. „En? Wat gaat het worden?" informeerde hij.

„Ik wil naar binnen!" riep Jorg koppig. „Ik moet naar mijn vrouw."

Peter had ineens een stel boeien in zijn vingers. Een paar tellen later hadden ze Jorg al met z'n drieën tegen de grond gewerkt en de handboeien om gedaan.

Jorg dacht dat hij achterlijk werd en kreeg een gigantische neiging om keihard te gaan schreeuwen.

Maar net op tijd brak het besef door dat hij daar geen bal mee zou opschieten. Met die kerels was het kwaad kersen eten. Als hij zo doorging, werd hij straks nog in een dwangbuis afgevoerd. Hij kon maar beter bakzeil halen en net doen of hij wegging. Dan ging hij zo meteen wel stiekem terug en kon hij om een hoekje gaan staan wachten tot Sam naar buiten kwam met die bal gehakt. En dan zou ze ervan lusten!

„Ik ga wel naar mijn hotel terug," zei Jorg hardop.

„En dat heet?" vroeg Peter streng.

„'Pension Alpenblick'," bromde Jorg.

Peter knikte. „Oké, dan ga ik wel even mee. En het hotel krijgt straks opdracht om de politie te bellen als u de deur uit wilt gaan."

Hij duwde Jorg de kar in, zwaaide naar zijn collega's en gaf de chauffeur opdracht om naar 'Pension Alpenblick' te rijden.

Jorg leunde sprakeloos achterover en er schoot een enorm gevoel van machteloosheid door hem heen.

Hij kon de rest van de avond in dat achtergebleven pension gaan zitten kniezen! En wie weet wat die waardeloze vent intussen met Sam uitspookte!

5

Marlies stond met samengeknepen ogen voor het raam van de 'Londoner Bierstube' en keek de wegrijdende elektrische taxi een beetje verbaasd na.

Er mankeerde iets aan haar ogen, dat was nu wel zeker. Als ze terug waren van vakantie zou ze toch maar eens een afspraak met de oogarts gaan maken, want ze zag ineens allerlei dingen die er niet waren.

Toen ze daarstraks om half tien deze zaal binnenkwamen, waren ze rechtstreeks in een puinhoop terechtgekomen.

Bij het podium was een heel stel mensen op de grond geduikeld en in een fractie van een seconde had ze zich ingebeeld dat ze een stel bruine haren onder iets zwarts vandaan had zien komen. Daarna had ze duidelijk een bekend gezicht gezien, dat nog geen seconde later alweer onder een flap rode stof was verdwenen.

En nou dacht ze de hele avond al dat ze Brandons gezicht had gezien, maar dat kón helemaal niet. Het zou wel heel toevallig zijn als Brandon ook in Zermatt logeerde.

Dus had zij gewoon een leuke vent gespot die uit de verte wel wat op Brandon leek.

Ze was ook zo'n sufferdje! Ze liep de hele tijd al te piekeren hoe ze Brandon ooit moest terugvinden. Daardoor zag ze hem onbewust blijkbaar overal maar opduiken.

Balen! Wat had ze aan dat duffe gedoe? Ze wist nul komma niks van Brandon. Alleen dat hij zo ontzettend leuk was. Alle kans dus dat hij allang bezet was.

Tot overmaat van ramp had ze daarnet Jorg ook nog gezien!

Een geboeide, hevig tegenstribbelende Jorg nog wel, die door drie potige bewakers naar een autootje werd gesleept ...

En erger nog: ze had ook zijn stem duidelijk gehoord. Hij

had op het raam staan bonken en keihard om Samantha staan roepen.

Maar dat moest ze zich dus ook ingebeeld hebben, want Jorg zat duizenden kilometers hiervandaan op Isla Margarita in de zon te bakken. Samantha had hem vanavond nog aan de telefoon gehad …

Marlies schudde haar hoofd. Straks was een simpel bezoekje aan een oogarts niet eens meer genoeg. Zij leed aan waanvoorstellingen. Kon ze gelijk door naar een psych!

Ze stapte bij het raam vandaan en ging weer in haar hoekje zitten.

De band speelde geweldige muziek, maar echt gezellig was het allemaal niet. Sam danste de hele avond al met Ernst, die zijn spoedklus blijkbaar razendsnel had afgehandeld en Merel deed op zijn zachtst gezegd erg raar.

Die had eerst de hele middag lopen zeuren dat ze vanavond liever ergens anders wilde gaan stappen omdat ze die onbekende band niet zag zitten. Uiteindelijk was ze na veel gezeur toch meegegaan, maar nu liep ze de hele avond al schizofreen om zich heen te kijken en het leek wel of ze Karl amper zag staan.

Uiteraard waren er al tig mannen naar haar, Marlies, toe gekomen die allemaal wel met haar wilden dansen, maar daar was geen enkele leuke vent bij geweest. De meeste aanbidders-in-de-aanbieding hadden een bierbuik of een vreselijke drankkegel en anderen probeerden haar met een walmende stinkstok tussen hun lippen te verleiden.

Nou, zo wanhopig was ze nou ook weer niet!

Ze poeierde een volgende opdringerige Zwitser af en sprong op. Als ze hier als een muurbloemetje aan de kant bleef zitten, kwam ze nooit van die vervelende kerels af.

Ze kon best in haar eentje dansen. Leve de lol, toch?

Vooraan bij het podium was het zo druk, dat iemand meer of minder toch niet opviel. Kon ze gelijk die wereldberoemde band eens van dichtbij bekijken.

Ze wurmde zich langzaam tussen de dansende mensen door tot ze helemaal vooraan bij het podium kwam.

Lekkere muziek, zeg. Daar ging je vanzelf wel van bewegen! Al swingend ging haar blik omhoog naar de leadzanger van de band.

En toen stond haar hart een paar tellen helemaal stil. Want ze keek recht in de twee mooiste bruine ogen die ze ooit had gezien.

Een paar dagen geleden had ze in de trein precies dezelfde ervaring gehad.

Toen ze in Brandons ogen keek …

Nee hè? Gingen die stomme hallucinaties dan nooit over? Waarom moest ze zich constant maar inbeelden dat ze Brandon zag?

Wat een kul, zeg! Dit kón Brandon toch helemaal niet zijn? Deze vent had zich vandaag duidelijk niet geschoren en hij had ook nog een maffe, zwarte hippiekrullenkop.

Ze kneep haar ogen tot spleetjes om het beter te kunnen zien. Die krullen zagen er trouwens wel erg overdreven vettig uit. Alleen een pure viespeuk zou …

Een pruik?

Het was een pruik!

„*You're a special lady*,” zong de man en hij gaf haar een opwindende knipoog.

„Brandon,” fluisterde Marlies helemaal ontdaan. „Brandon, ben jij het écht?”

Nee, dat kón gewoon niet. Ze was écht ontzettend aan een paar heel sterke contactlenzen toe!

De zanger gaf haar een nieuwe opwindende knipoog en tussen twee regels door vormden zijn lippen heel even haar naam.

Marlies …

Diep in haar buik werden er op slag duizenden nieuwe

vlindertjes geboren en er borrelde een gigantische blijdschap in haar omhoog.

Er was helemaal níks mis met haar. Dit was Brandon écht!

In een impuls draaide ze haar hoofd om, om haar zussen over dit geweldige wonder te gaan vertellen, maar op hetzelfde moment bedacht ze zich alweer.

Sam was veel te druk met Ernst en Merel interesseerde zich niet voor Brandon.

In gedachten hoorde ze de stem van Merel zeggen: *Zo bijzonder was Brandon nou ook weer niet. Wat kan jou die vent eigenlijk schelen? Er zijn genoeg andere mannen op de wereld hoor!*

Nee, dit geweldige nieuwtje hield ze nog maar even voor zichzelf!

Er duwde iemand tegen Marlies aan en toen ze opzij keek, zag ze een hele groep meiden smachtend naar Brandon staren.

Alle vlinders zakten naar haar tenen en haar blijdschap veranderde in een geweldige dip.

Al die meiden stonden zich in te beelden dat Brandon speciaal naar hén knipoogde. Wat stelde zij zich daar eigenlijk bij voor? Dat zo'n beroemde zanger ook maar één seconde aandacht voor háár zou hebben?

Die vips waren gewend aan gillende meiden die zich schaamteloos stonden aan te bieden. Daar kwam zij niet aan te pas.

Heel jammer, maar helaas.

Ze slikte moeilijk, draaide zich zonder nog naar Brandon te kijken om en worstelde zich weer door de mensen heen, nu in de richting van de uitgang.

Ze ging gewoon terug naar het hotel om daar een lekker potje te janken. Daar had ze haar zussen namelijk niet bij nodig. En missen zouden die twee haar niet, ze waren veel te druk met andere dingen.

Marlies wist uiteindelijk bij de garderobe te komen en terwijl haar jas werd opgezocht, schreef ze snel een briefje aan haar zussen.

Ben terug naar het hotel, zie jullie. M.

Ze vroeg het meisje van de jassen om het briefje op het jack van Merel te spelden, wurmde zich in haar eigen spullen en bleef nog even aarzelend staan.

Moest ze zo'n taxi nemen? Of zou ze maar gewoon gaan lopen? Het was maar tien minuten.

„Is het hier een beetje veilig op straat, als je alleen loopt?" vroeg ze aan het meisje van de garderobe.

„Ja hoor," knikte die. „Kun je gerust wagen."

„Oké, bedankt. *Auf Wiedersehen.*"

„*Ciao,*" antwoordde het meisje.

Marlies zwaaide nog even en stapte naar buiten.

Terwijl de deur langzaam achter haar dicht viel, hoorde ze ineens snelle voetstappen en een mannenstem riep: „*Excuse me. Are you Marlesie?*"

Marlesie?

Dat klonk wel erg als een Engelsman die *Marlies* probeerde te zeggen.

Ze bleef staan, draaide zich om en keek verbaasd naar de magere veertiger achter haar. Hij had een driedelig, net pak aan, droeg een keurig gestrikte stropdas en had ook nog glanzend gepoetste schoenen. Een fatje met een piepklein snorretje.

„*Marlesie?*" herhaalde *Mister Keurig-in-het-pak* en hij stak zijn hand naar haar uit.

Wat moest die vent van haar? Zou ze gaan gillen? Dan hadden die jongens van de beveiliging, die daar in de hoek zo ontspannen een saffie stonden te roken, ook weer wat doen.

„*I've got a message for you, miss Marlesie. From Brandon.*"

Ze zag nu pas dat er een wit kaartje in die uitgestoken hand zat. Ze pakte het aan en staarde naar het witte stukje karton.

Het was een exacte kopie van het kaartje dat ze gisteravond in bad had laten vallen. Alleen stond er nu met pen wat op de achterkant geschreven.

'*Marlies, come and have a drink with me. I owe you one. Brandon.*'

Marlies wist opeens niet meer hoe ze het had en in haar hoofd werd het een geweldige chaos, waarin het vrolijke ventje 'Wow-hij-vindt-me-leuk!' in een vreselijk gevecht raakte met het depressieve ettertje 'Kijk-uit! Die-wil-alleen-maar-met-je-naar-bed!'

Wat moest ze nou doen?

„Waarom komt Brandon dat eigenlijk zelf niet vragen?" zei ze uiteindelijk. Haar stem klonk behoorlijk achterdochtig.

Mister Keurig-in-het-pak snoof. „Je mag drie keer raden."

„Dat ben ik echt niet van plan," verklaarde Marlies kordaat, „Ik wil gewoon een antwoord."

„Wat zou er gebeuren als Brandon van dat podium af komt en de zaal in loopt?"

Marlies haalde haar schouders op. Die vent stond wel erg te neuzelen, zeg! „Geen flauw idee," bromde ze.

„Nog nooit gezien hoe dat met popsterren gaat als de fans ze in de gaten krijgen?" informeerde *Mister Keurig-in-het-pak* fijntjes.

Marlies kreeg ineens beelden van gillende meiden, die luid krijsend boven op Brandon sprongen.

Tja, als je het zo bekeek ...

Maar dan was rustig samen een drankje nuttigen er ook niet bij!

Popsterren moest je met de hele wereld delen. Zij zag veel meer in een man voor haar alleen! Brandon was hartstikke leuk, maar hier kon ze maar beter niet aan beginnen. Stel je voor dat je nooit meer over straat kon lopen zonder dat iedereen maar aan je begon te plukken?

Ze schudde resoluut haar hoofd. „Ik vind het erg aardig van

Brandon, maar … Laat maar zitten. Als ik geweten had dat hij zo beroemd was, had ik nooit zijn koffie betaald."

„Dat ga je hem dan maar zelf even zeggen," was de reactie van *Mister Keurig-in-het-pak*.

„Ammenooitniet!" reageerde Marlies en ze begon van de man weg te lopen. „Geef de boodschap maar gewoon door."

„What kind of message?" vroeg onverwacht een stem naast haar.

Marlies bleef staan en tuurde aandachtig naar de vreemd uitgedoste kerel die ineens naast haar stond. Hij had een soort van wijde oranje poncho aan, die veel weg had van een aardappelzak en zijn blonde haren hingen als een gordijn voor zijn ogen.

Hij zag er niet uit, maar zijn stem was maar al te bekend geweest.

„Brandon?" vroeg ze langzaam.

Hij streek de vlasachtige, gele nepharen naar achter en terwijl Marlies een riant uitzicht op zijn prachtige ogen kreeg, sloegen de vlammen haar alweer uit.

„Yes, it's me," zei hij. *„Come on, let's have a drink together."*

Het geluid van zijn stem veroorzaakte een nieuwe werveling van opwinding in haar buik. Maar daar mocht ze absoluut niet aan toegeven!

Ze vond Brandon écht leuk en ze verlangde er diep in haar hart gigantisch naar om met hem naar bed te gaan. Maar het zat er dik in dat ze daar een gruwelijke kater aan over zou houden. Dan werd zij namelijk helemáál smoorverliefd op hem en met een beetje pech dook hij vervolgens gewoon met de volgende mooie meid zijn bed in.

Zo ging dat nou eenmaal met popsterren en daar begon zij dus absoluut niet aan!

„Hoor eens, Brandon. Ik vind je leuk …"

Shit, waarom zei ze dat nou? Kreeg hij helemaal een foute indruk van haar!

„Ik bedoel, dat ik absoluut niet met je naar bed wil," flapte ze er vervolgens uit.

Help! Dat was al helemáál een belachelijke opmerking. Ze stond hier af te gaan als een gieter! Ze kon maar beter maken dat ze weg kwam.

„Sorry, Brandon. Ik moet heus gaan. *Bye!*"

Ze was hem tenslotte niks verplicht. Zij had zíjn koffie betaald, het was niet andersom!

Ze draaide zich om en rende weg.

„Marlies!" riep hij haar na. „Ik vind je leuk! Wat kan ík er nou aan doen dat ik toevallig beroemd ben?"

Maar Marlies wilde het niet horen. En ze was zo met zichzelf bezig dat het haar niet eens opviel dat hij haar in het Nederlands had nageroepen.

***

De volgende ochtend zat Merel naast een wat oudere toeriste in de skilift op weg naar boven.

Zoals gewoonlijk had ze zich in het dalstationnetje weer 'strategisch' door de wachtende rij heen gewurmd, en omdat haar zussen dat heel aanstellerig 'voordringen' noemden, waren die in de stoeltjes achter haar nergens te bekennen.

Merel snoof. Karl zag ze gelukkig ook nergens.

Wat een ramp, die vent! Hij had gisteravond de hele tijd hinderlijk en vaak letterlijk om haar heen gehangen, zonder dat zij er ook maar iets tegen kon doen. Dat kwam vooral door Marlies, die zat de halve avond aan de kant op haar te letten.

En daar baalde Merel als een stekker van. Marlies had toch ook gewoon lekker uit haar dak kunnen gaan? Het was een hartstikke goeie band en ze had genoeg mannen gezien die bij Marlies om een dansje waren komen bedelen.

Maar *Miss Muurbloem* had ze allemaal afgepoeierd!

En het ergste was nog wel dat ze Brandon helemaal nergens had gezien. Wat een kletsmeier, zeg. Tegen haar zeggen dat hij in de 'Londoner Bierstube' zou zijn en dan gewoon niet op komen dagen. Of had ze hem door dat kwijlgedoe van Karl misschien over het hoofd gezien? Of erger nog: had hij gezien hoe klef Karl met haar bezig was en was hij er weer vandoor gegaan?

Ze zuchtte diep.

Uiteindelijk had Karl ook nog zwoel in haar oor gefluisterd, dat hij de volgende ochtend op bed graag een beschuitje met haar deelde! Wat een oen, zeg! Had hij nou nog niet door dat ze hem niet zag zitten? Maar dat kon ze hem niet recht in zijn gezicht zeggen, want hij moest nog even als afleiding dienen, zodat zij stiekem achter Brandon aan kon gaan.

Dat was echt even een pijnlijk momentje geweest!

Gelukkig had Sam ook geen zin gehad om met Ernst van een ontbijtje te genieten en zij was keurig met haar zus naar het hotel gegaan, waar Marlies al lang en breed lag te slapen …

Merel haalde diep adem en ze genoot van de pittige berglucht die haar longen vulde. Heerlijk was het hier!

Het stoeltje sukkelde hoog boven de besneeuwde berghelling in de richting van het eindstationnetje, waar zo te zien hele hordes mensen allemaal op weg gingen naar de rode piste.

Hordes mensen?

Hordes meiden zou ze bedoelen!

En zo te zien, konden die ook nog voor geen meter skiën. Die waren meer geschikt voor het beginnersweitje.

Merel ging rechtop zitten en ze spande haar ogen tot het uiterste in. Het zou toch niet …

Verdraaid! Ze zaten een man achterna!

Brandon! Dat was Brandon!

Nou, daar had ze nog een zuur appeltje mee te schillen! Hoe kwam hij erbij om haar zomaar alleen in die 'Londoner Bierstube' te laten staan? Oké tempo! Ze moest hem even onderscheppen voor haar zussen hem in de peiling kregen!

Het stoeltje gleed het stationnetje in en Merel schoot als een speer naar voren om zo gauw mogelijk achter Brandon aan te sjezen.

Maar voor haar ski's het beton van het perronnetje raakten, voelde ze ineens een enorme ruk aan haar schouders en ze kon niet meer voor- of achteruit.

Ze zat vast!

Terwijl het stoeltje in een langzame cadans doordraaide om weer op weg naar beneden te gaan, bungelde Merel hulpeloos aan het zitje, zo'n twintig centimeter boven de grond.

Oh, nee toch, het perronnetje was over een halve meter alweer afgelopen! En dan begon de afgrond!

„Hellup!" gilde Merel overstuur. „*Hilfe*! Ik zit vast!"

***

Ergens halverwege de berg zat Marlies naast Samantha in de *Sessellift*.

Het uitzicht was adembenemend mooi. Onder hen gleed de wit besneeuwde wereld langzaam weg en de grillige rotspiek van de Matterhorn zag er in de stralende zon sprookjesachtig uit.

„Jorg heeft gebeld," zei Samantha schor.

Marlies keek opzij. „En? Bevalt het hem een beetje op het strand?"

Samantha wreef over haar neus. „Geen idee. Ik heb de oproep gemist en hij heeft de voicemail ingesproken. Tenminste …"

„Tenminste?" vroeg Marlies.

„Ja, het is een beetje raar. Moet je horen."

Samantha tikte een nummer in, hield haar mobiel even tegen haar oor en gaf 'm toen door aan Marlies.

'*Sam! Samantha! Laat die vent los. Je bent met míj getrouwd!*' gilde Jorgs stem in haar oor. Op de achtergrond was duidelijk een band te horen. Huh?

„Raar hè?" prevelde Samantha. „Het klinkt net of hij me gezien heeft of zo. Met Ernst. Maar dat kan helemaal niet. Hij zit op Isla Margarita!"

Ze wilde het mobieltje van Marlies aanpakken, maar die hield het stevig vast. „Ik wil het graag nog een keertje horen."

„Oh ja. Tuurlijk. Sorry."

Marlies speelde het bericht nog een keer af en concentreerde zich nu vooral op de muziek.

Dat klonk wel heel erg naar *Just Help Yourself*!

„Die band, hè," zei ze langzaam, „die daar op de achtergrond te horen is … Komt die jou ook zo bekend voor?"

Samantha keek verbaasd. „Een band? Nee, ik geloof niet dat ik …"

Ze pakte haar mobiel aan en zette de voicemail weer op afspelen. „Verhip, je hebt gelijk. Dat lijkt die band van gisteravond wel. Zouden die op Isla Margarita ook zo populair zijn?"

Ze staarde nadenkend in de verte en schoot ineens verschrikt overeind. „Hier in Zermatt hebben ze overal webcams! Zou er in die *Bierstube* ook eentje hangen? Dat Jorg mij met Ernst heeft kunnen zien? Hij klinkt zo boos."

Marlies haalde haar schouders op. „Die webcams geven om de paar minuten een plaatje. Geen hele filmpjes. En gezichten kun je al helemaal niet herkennen."

„Misschien laten ze het complete geluid wél live horen dan?" zei Samantha peinzend.

„Volgens mij zit er helemaal geen geluid bij," antwoordde Marlies. „Maar zóveel weet ik nou ook weer niet van die webcams. Ik vraag me trouwens af ..."

Ze stopte met praten. Stel je voor dat ze zich gisteravond helemaal niet had ingebeeld dat ze Jorg had gezien? Ze snapte wel niet hoe het kon, maar misschien was hij wel écht in Zermatt. Brandon was immers ook helemaal geen hallucinatie geweest.

Misschien mankeerde er wel veel minder aan haar ogen dan ze had gedacht!

„Heb je nog een ander idee dan?" vroeg Samantha, maar op dat moment ging er een siddering door de kabel waar het stoeltje aan vastzat en een seconde later stopten ze met een flinke schok.

Marlies greep zich verschrikt aan de stang beet en Samantha deed naast haar precies hetzelfde.

„Helpie," riep Samantha bibberend. „We hangen stil. Niet naar beneden kijken, hoor."

Marlies keek natuurlijk wél.

Er was een peilloze diepte onder hen, die steeds smaller toeliep. Over de rotsige bodem van het ravijn kronkelde een riviertje, dat van deze afstand nog het meeste op een dun zilveren lintje leek.

Marlies kreeg subiet de kriebels. „Bah, wat zitten we hoog. Dat valt normaal helemaal niet zo op." Ze slikte zenuwachtig. „Hè, getsie, straks moeten we hier nog uren hangen."

„Da's niet te hopen," rilde Samantha. „Ik moet hartstikke nodig."

Marlies keek opzij. „Maar was dan ook beneden gegaan, suffie."

Samantha beet op haar lip. „Dat kwam door Merel. Die stierde weer dwars door iedereen heen naar die lift toe. Ik wou gewoon weer een keertje met ons drieën van de piste af, dus ik dacht: Ik sjees er maar zo gauw mogelijk achteraan ..."

Marlies knikte. „Ja, van op haar beurt wachten heeft Merel nog nooit gehoord."

„Ik hoop maar dat ze ons gauw komen redden," zuchtte Samantha met een benauwd gezicht.

„Vast wel, joh," troostte Marlies. „Zo meteen komt er zo'n superknappe hunk in een helikopter met zo'n touw."

„Dan moet die wel een beetje opschieten," kreunde Samantha, „anders plas ik hem straks integraal onder."

***

Merel bungelde witjes aan haar rugzakje op een paar centimeter van een akelige diepte en ze durfde amper meer adem te halen. Gelukkig stond de kabelbaan stil en op het perronnetje een paar meter verder liepen diverse Zwitsers heen en weer te rennen en onverstaanbare commando's te schreeuwen.

Alle kans dus dat ze dadelijk wel gered zou worden. Als ze nou maar een beetje opschoten, dan kon ze Brandon misschien nog inhalen.

Raar eigenlijk dat ze op een eng moment als dit alleen maar aan Brandon kon denken. Maar ja, Brandon was natuurlijk veel leuker dan dat enge diepe gat naast haar.

Stel je voor dat het bandje van haar rugzakje het ineens zou begeven ... Dan duikelde ze zo naar beneden!

Nee, niet rillen nu, gewoon aan Brandon denken. Die had haar in zijn armen, kuste haar heel hartstochtelijk en ...

Ze voelde een licht schokje en centimeter voor centimeter schoof haar stoeltje terug naar het perronnetje. Toen ze boven het veilige beton hing, tilden sterke armen haar omhoog en de bandjes van haar rugzakje sneden niet langer meer in haar schouders.

Een tel later stond ze weer met beide ski's op de grond en terwijl Merel wat bibberig in de richting van de uitgang kluunde, kwamen achter haar de stoeltjes weer langzaam in beweging.

De kabelbaanbeheerder begon op heftige toon een heel verhaal tegen haar af te steken, dat overduidelijk een hoog je-moet-beter-opletten-gehalte had, maar het leek Merel maar beter om daar niets van te verstaan.

Ze haalde met een onnozel lachje haar schouders op, deed net of ze erg overstuur was en vroeg op een bibberig toontje: *„Proate Swenske?"*

De man keek haar even niet-begrijpend aan, maar ging toen gewoon door met zijn onverstaanbare donderpreek.

Merel kreeg er schoon genoeg van en wees met een benauwd gezicht op een bordje met '*Damen*' erop.

„Toilet!" prevelde ze dringend en toen liet de man haar eindelijk gaan.

Merel kluunde op haar ski's naar de deur van het toilet en keek om.

Mooi zo, Meneertje Let-toch-eens-wat-beter-op-jij-dom-meisje had zijn aandacht alweer volop bij de skiërs op de aan-komende stoeltjes.

Dan zou het ook niet lang meer duren voor haar zussen boven waren. Als ze niet heel snel maakte dat ze achter Brandon aanging, had ze zo meteen Sam en Merel weer op sleeptouw. En dat was natuurlijk wel gezellig, maar Brandon had nu even de hoogste prioriteit!

In hoog tempo skiede Merel in de richting van de rode piste, waar Brandon natuurlijk nergens meer te zien was. Maar als ze een beetje opschoot, kon ze hem beneden mis-schien wel opvangen!

„Woll'n wir mal Kaffee trinken gehen?" klonk ineens een stem naast haar.

Ze herkende het irritante toontje direct en keek geërgerd opzij.

Ja hoor! Dat was inderdaad die over het paard getilde, lasti-ge ik-heb-de-mooiste-snor-van-de-wereld-zeurpiet, die gister naast haar in de stoeltjeslift had gezeten. Hij droeg vandaag een kanariegeel skipak met zwarte biezen langs de randen en hij zag er zó verschrikkelijk niét uit!

En nou kon ze jammer genoeg ook niet meer doen of ze alleen maar Zweeds sprak, want hij had gister heus wel gehoord dat er aan haar Duits niks mankeerde.

Balen!

Ze schudde heftig haar hoofd. *„Sehr nett von Ihnen. Danke … Nein."*

„Aber wir könnt'n doch zusamm'n gemütlich …"

„Nee, reuze bedankt, meneer!" bitste Merel scherp. *„Lassen Sie mich bitte in Ruhe, ja?"*

Zonder nog op *Mister Supersnor* te letten, pootte Merel haar skistokken stevig in de sneeuw, zette af en schoot het parcours op.

***

Marlies hoorde Samantha geweldig opgelucht zuchten toen de stoeltjeslift weer in beweging kwam.

Eerst ging de kabel nog een stukje achteruit, maar algauw begonnen de stoeltjes weer in hun gewone slakkentempo omhoog te kruipen.

„Hè, gelukkig," zuchtte Samantha, „daar komt het bergstation eindelijk aan. Is de wc links of rechts?"

Marlies moest erom lachen. „Aan de achterkant. Ik loop wel even mee, want je weet wat mam altijd zegt: Als je kunt, moet je gaan, want je weet maar nooit wanneer je weer wat tegenkomt."

„Ja, mam weet overal raad op. Ze heeft trouwens al zes keer gebeld om te vragen of we nog heel zijn. Je moet de groeten hebben."

Marlies grinnikte. Mam had blijkbaar de hele dag niks anders te doen dan haar dochters controleren.

„En ik maar denken, dat ze alleen mij belde," zei ze vrolijk.

„Kom op, stang omhoog. We zijn er."

De meiden stapten zo snel mogelijk uit en kluunden op hun ski's eensgezind het perronnetje af.

Buiten trapten ze hun bindingen los, zetten hun ski's tegen een muur en haastten zich naar de achterkant van het gebouwtje.

Daar stond een enorme groep meiden voor de deur van de wc te giebelen.

„Nee hè?" kreunde Samantha ontzet. „Vertel me niet dat ik nog uren op mijn beurt moet wachten."

„Welnee, we gaan op zijn 'Merels' wel even strategisch vooraan staan," stelde Marlies voor. „Hoge nood heeft voorrang."

Ze wurmden zich vrij gemakkelijk door de groep heen en kwamen bij de deur.

„Hè?" bromde Samantha. „Hier línks staat toch *Damen*? Die meiden staan allemaal bij de *Herren* te wachten. Zou de boel op slot zitten of zo?" Al pratend duwde ze tegen de deur van het damestoilet, maar die zwaaide gehoorzaam open.

Op het eerste gezicht zag de toiletruimte er niet uit of er iets mis was en Marlies duwde haar zus naar binnen. „Ga nou maar gauw."

Er waren twee deuren en omdat de linker een rood 'bezet'-plaatje vertoonde, sjeesde Samantha het rechterhokje in en vergat in haar haast de deur op het haakje te doen.

Marlies ging op wacht staan, trok haar kriebelende muts van haar hoofd en propte die in de zak van haar jack.

Nu maar hopen dat Sam zich nog op tijd uit haar pak kon wurmen. Het was vast lekker warm en van opkruipen had je ook geen last, maar als je naar de wc moest, was het geen doen. Daarom had zij gewoon een jack met een skibroek uitgezocht. Veel praktischer!

Er werd doorgetrokken en Samantha stapte het hokje uit.

„Hè, hè," bromde ze helemaal blij tegen Marlies. „Dat lucht me een partij op!"

Terwijl Marlies op haar beurt het hokje in stapte, ging Samantha in het halletje haar handen staan wassen.

„Hé, Marlies!" hoorde Marlies haar zus door de deur heen roepen. „Snap jij nou waarom die suffe meiden bij de mannen staan te dringen? Er is helemaal niks mis met deze wc."

Marlies hees haar broek weer omhoog en stapte het halletje in. „Ja, dat vind ik ook raar." Ze draaide de kraan open en hield haar handen onder het ijzige water. „Oeps! Koud, zeg!"

„Ja, ik weet ook wel wat leukers," reageerde Samantha. „Nou, we moeten eerst maar eens kijken of we Merel nog ergens kunnen opsnorren en dan gaan we lekker de zwarte piste af."

Er klonk een klikje in het toilet dat al die tijd op 'bezet' had gestaan en de klink ging langzaam naar beneden.

Marlies stapte automatisch opzij, maar de deur ging maar een heel klein stukje open.

„Marlies?" fluisterde een stem in keurig Nederlands. „Ben jij dat?"

Marlies keek verbaasd naar de deur. „Merel? Zit je daar wortel te schieten of zo?"

„Ik ben Merel niet," fluisterde de stem. „Zijn jullie daar samen?"

Marlies trok een gezicht. „Hoezo? Wie ben je dan?"

„Zijn jullie nou samen of niet?" herhaalde de stem dringend.

„Yep." Marlies trok resoluut de deur open. „Wat is dit voor geheimzinnig …"

Ze keek recht in twee prachtige bruine ogen en stopte verbijsterd met praten.

„Brandon?" fluisterde ze helemaal verbaasd. „Wat moet jij nou op het meidentoilet?"

Er trok een ongelukkig glimlachje over Brandons knappe gezicht en op slag flitste er een enorme golf van verlangen door Marlies heen. Ze kreeg ineens ontzettende zin om hem te kussen!

Maar ja … Ze had toch heus met zichzelf afgesproken dat ze daar maar beter niet aan kon beginnen. En dat was alleen maar slim van haar! Want Brandon kon dan wel geweldig leuk zijn, hij spoorde natuurlijk voor geen meter! Welke man ging er nou op de meiden-wc zitten?

Ze voelde hoe Samantha over haar schouder het hokje in keek.

„Hé?" vroeg Samantha verbaasd. „Jij bent toch die Engelsman uit de trein?"

Brandon knikte. „Klopt."

„Nou, zo te horen mankeert er ook niks aan je Hollands," verklaarde Samantha nuchter.

Marlies voelde hoe haar ogen in een soort schoteltjes veranderden.

„Huh?" stamelde ze verbijsterd en daarna staarde ze Brandon sprakeloos aan. „Hollands?"

„Mijn moeder is Nederlandse," legde Brandon uit, „ik ben tweetalig opgevoed."

„Oh," mompelde Marlies. „Dat had je wel eens eerder mogen zeggen."

„Ik heb gister anders ook al Nederlands tegen je gepraat," verdedigde Brandon zich. „Maar dat is je blijkbaar niet opgevallen. Net als nu."

Er piepte iets bij de buitendeur en Brandon schoot haastig het toilet weer in.

Samantha trok haar wenkbrauwen op en tikte daarna op haar voorhoofd. „Die lijkt me compleet geflipt," fluisterde ze. „Laten we maar gauw wieberen."

Marlies snapte ineens maar al te goed wat er aan de hand was en ze trok Samantha aan haar mouw.

„Hij is de leadzanger van *Just Help Yourself*. En die meiden buiten zijn vast lastige fans."

Ze draaide haar hoofd om en zei tegen de dichte deur: „Loos alarm, Brandon. Kom er maar weer uit."

Brandon stapte tevoorschijn en slaakte een luid hoorbare zucht. „Die *chicks* lopen de hele ochtend al achter me aan te gillen en dat hangt me zo verschrikkelijk de keel uit. Ik kan toch niet de rest van mijn leven met een zak over mijn hoofd gaan rondwandelen."

Hij wees al pratend op een open ruimte bij het plafond. „Ik ben bij de heren naar binnen gerend en daarboven over het muurtje geklommen. Gelukkig was het hier leeg, anders was ik vast al geboeid afgevoerd wegens openbare schennis van de eerbaarheid." Hij zuchtte opnieuw. „Was misschien ook wel lekker rustig geweest in zo'n cel," voegde hij er nog op een dépritoontje aan toe.

Marlies kon er niks aan doen. Ze moest er ineens vreselijk om lachen.

„Ja, het is allemaal erg grappig," reageerde Brandon zuur. „Had ik vast ook gevonden als het een ander was overkomen. Maar nu zit ik er mooi mee opgescheept."

Marlies likte over haar lippen. Die arme stakker baalde echt als een stekker. Ze moesten hem maar even uit de nood helpen.

„We moeten maar even van jas ruilen, Brandon," stelde ze voor. „Dan doe je mijn muts erbij op en je houdt mijn sjaal voor je gezicht. Moeten die meiden wel van erg goeden huize komen, als dat opvalt."

Samantha knikte. „Dat lijkt me een goed plan. Wou je ook gaan skiën, Brandon? Of snowboarden of zo?"

Brandon haalde wat ongelukkig zijn schouders op. „Mijn ski's staan bij die 'Koek en Zopie Skihut' daar verderop. Daar wilde ik even een bekertje koffie halen voor ik naar beneden ging en … Nou ja …"

Hij keek Marlies aan en die slikte moeilijk. Waarom vond ze hem nou zo leuk? Daar kreeg ze alleen maar ellende mee!

„Is er wat, Marlies?" vroeg Brandon intussen. „Je kijkt ineens zo donker. Ik wil jou niet in de problemen brengen."

Marlies grinnikte. Ze zát allang in de problemen. Maar die waren van een heel ander soort dan hij dacht!

„Ik wandel straks gewoon naar buiten. Die meiden hebben met mij immers niks. Geen zorgen, hoor, komt helemaal goed." Marlies trok haar jas uit. „Kom maar op met je spullen."

Met hulp van Samantha wisselden Brandon en Marlies van kleren.

„We wachten achter de 'Koek en Zopie', oké?" zei Samantha.

Marlies knikte. Ze voelde zich raar in Brandons jack. Het rook naar hem, heerlijk kruidig en mannelijk. Het was nét alsof hij zijn armen om haar heen geslagen hield en ze heel dicht bij hem was. En als ze de sjaal maar een klein beetje bewoog, was het alsof hij haar heel teder aaide …

Er stroomde een gigantisch verlangen door haar heen en haar hele lichaam begon te tintelen van opwinding.

„Let je er wel op dat je die meiden straks niet achter je aan krijgt?" prikte Samantha's stem dwars door haar roze zeepbel heen. „Anders schiet het natuurlijk niet op."

Marlies knikte. „Oké! Succes ermee."

Haar stem klonk zo verschrikkelijk schor, dat Brandon haar bezorgd aankeek.

„Gaat het Marlies?"

Nee, het ging absoluut niet! Ze wilde hem kussen!

Zo ongemerkt mogelijk schraapte ze haar keel en ze wees gebiedend naar de buitendeur. „Ik voel me prima! Hup, wegwezen jullie!"

***

Merel skiede met een flinke vaart over de rode piste naar beneden en door haar haast spoot de sneeuw bij ieder bochtje meters de lucht in.

Zou Brandon ook een goeie skiër zijn? Dan haalde ze hem vast niet meer in.

Verdraaid! Ze viel op die hunk! Zo jammer dat hij er gister zo snel vandoor gerend was. Het was alleen best gek dat er iedere keer van die meiden achter hem aan leken te zitten ... Het was natuurlijk een geweldige hunk, maar die meiden deden wel erg overdreven.

Ze slalomde nog net op tijd om een gevallen tak heen, hield even in en wilde vervolgens soepeltjes de volgende bocht in draaien.

Op dat moment zag ze vanuit haar ooghoek dat er iets geels-met-zwart achter haar aan kwam en twee tellen later flitste er op amper drie millimeter afstand een skiër voorbij. Haar sjaal woei omhoog door de plotselinge luchtverplaatsing.

Supersnor?

Wat was die gek nou weer aan het doen?

Merel verplaatste haar gewicht razendsnel van de ene op de andere ski en wist daardoor nog net de bocht te halen.

Snor had intussen snelheid geminderd en skiede nu vlak voor haar neus. Maar echt gewoon deed hij niet. Hij haalde het uiterste uit zijn ski's, maakte de meest griezelige slaloms en toen er een verhoging in beeld verscheen, gaf hij ook nog een demonstratie mini-schansspringen ten beste.

Nee toch! Die sukkel probeerde indruk op haar te maken!

Oké, ze moest toegeven dat hij best heel aardig kon skiën, maar daar hield het heus mee op. Als ze zo meteen beneden waren, zou ze hem eens goed vertellen dat hij wat haar betrof niet spoorde!

Er kwam weer een verhoging aan en Supersnor nam opnieuw een hier-skiet-de-nieuwe-kampioen-schansspringen-houding aan. Terwijl hij het luchtruim koos, keek hij met een triomfantelijke zie-je-nou-wel-hoe-goed-ik-ben-blik achterom.

Dat had hij beter niet kunnen doen, want onderaan het bergje dat hij voor zijn wereldrecordpoging 'mereltje versieren' gebruikte, lag midden op de piste een fikse kei ...

Merel zag het naderende onheil al helemaal aankomen en ze begon heftig af te remmen.

Snor had nog ongeveer twee seconden een superieure grijns op zijn gezicht, maar toen hij weer voor zich keek, kreeg hij het obstakel ook in beeld.

In een ultieme poging om er nog overheen te komen, trok hij zijn knieën helemaal naar zijn buik en de punten van zijn ski's gingen zover mogelijk omhoog, maar helaas ... dat mocht niet meer baten.

Zijn rechterski klapte vol tegen de kei, de binding schoot los en terwijl hij wanhopig probeerde om zijn evenwicht te bewaren, sjeesde Snor op één ski verder.

Zolang hij gewoon rechtdoor kon skiën, ging dat op zich heel redelijk, maar bij de volgende bocht kon hij de ongelijke strijd niet langer volhouden en hij schoot in volle vaart van het gebaande pad de piste af, regelrecht de rimboe in.

Daar lagen niet alleen nog veel meer stenen, maar er stonden ook lage dennenboompjes, die natuurlijk niet echt bevorderlijk waren voor een vlotte doorstroming.

Mister Superman klapte voorover, schoot dwars door een grote berg *Neuschnee* heen, knalde met zijn hoofd tegen een boomstronk en landde ten slotte languit in een stekelstruik, waar hij als een bovenmaatse gecrashte kanarie bleef hangen.

6

Jorg stond met zijn armen over elkaar, hoog boven op een besneeuwde alp, tegen een muurtje geleund. Hij keek ingespannen om zich heen naar de sportievelingen die zich in hun kleurige skipakken een weg naar de pistes baanden. Maar Samantha zag hij nergens.

Hij zuchtte diep. Tot nu toe had hij nog niet veel geluk gehad bij zijn zoektocht.

Nadat die uitslover van een Peter, 'Head Security' hem de vorige avond met een vals grijnsje bij 'Pension Alpenblick' had afgeleverd, had hij uiteraard een paar keer geprobeerd om via de achterdeur weg te komen, maar dat was vergeefse moeite gebleken. Iedere keer had er wel weer een andere medewerker voor zijn neus gestaan, die hem terug naar binnen had gedirigeerd.

Toen was hij op de eerste verdieping uit een raam geklommen, maar helaas … Ook daar had de bewaking hem in de kraag gegrepen en hem met de belofte dat ze bij de volgende poging de politie zouden bellen, weer op zijn kamer afgeleverd. Nee, het had hem gister niet bepaald meegezeten.

En vandaag schoot het ook voor geen meter op.

Hij was vanmorgen al vroeg vertrokken, maar toen hij hijgend bij hotel 'Zum alten Adler' kwam aanrennen, had de receptioniste hem alleen maar verteld dat de meiden waren gaan skiën. Maar wáár, dat wist ze ook niet.

Dus was Jorg uiteindelijk op goed geluk met de *Sessellift* omhoog gegaan, maar Samantha had hij nog nergens gespot.

Hij keek wat misprijzend naar de groepen beginners, die op hun duffe lange latten langs kwamen stumperen.

Wat die lui daar áán vonden, zeg. Om met een soort oversizede Donald Duck-zwemvliezen door de sneeuw te gaan ploeteren. Die flauwekul was écht alleen maar voor *losers* uitgevonden!

Nou, hij had het weer compleet gehad hier!

Zou hij teruggaan naar het dorp en bij 'Zum alten Adler' voor de deur gaan liggen tot de meiden …?

In een werveling van sneeuw kwam er een snowboarder langs geslalomd en in zijn kielzog volgde een tweede.

Jorg schoot ineens rechtop en keek de twee snowboarders met wild kloppend hart na. De twee mannen remden precies bij het begin van de sleeplift, grepen zich vast en gingen eensgezind weer op weg naar boven, de steile helling op.

Wat ontzettend gaaf!

Er borrelde een geweldig gevoel van jaloezie in Jorg omhoog. Wat die kerels daar deden, dát wilde hij ook kunnen!

Ach wat, dat kon hij allang! En misschien wel beter dan die twee verlopen macho's daar. Hij was immers een ware meester op het skateboard!

In het straatje waar hij in zijn jeugd met zijn ouders had gewoond, was hij niet alleen nog steeds de beste *streeter*, maar ook de beste *ramper* van de hele buurt.

En een board was een board. Zeker weten!

Hij haalde een keer diep adem en koerste linea recta naar een gebouwtje waar met grote letters *Skischule* op de gevel stond.

Daar had hij daarstraks natuurlijk ook al binnen gekeken, maar toen was hij zo op Samantha gefocust geweest, dat hij verder nergens op had gelet. Alle kans dat ze er snowboards en schoenen verhuurden.

Oh ja, kijk eens aan, daar kwam net een hele groep mensen naar buiten die allemaal een snowboard droegen. De achterste liep superieur rond te kijken en hij had ook nog eens een fikse groep smachtende vrouwen om zich heen.

Geen twijfel mogelijk. Dat kon alleen de leraar maar zijn.

Jorg wurmde zich door het groepje vrouwen heen.

„Hé, mag ik even?" vroeg hij. „Ik ben Jorg en ik wil ook

snowboarden." Om even aan te geven dat hij niet de eerste de beste sukkel was, voegde hij er nog aan toe: „Kan ik met jullie mee of zijn dit alleen maar beginners?"

De leraar stak zijn hand uit. „Ik ben Karl. *Freue mich*."

Jorg knikte vrolijk terug.

„Dit is een gemengde groep," legde Karl uit. „Tenminste ... Ik bemoei me met de beginners en ik speel aanspreekpunt voor de gevorderden. Je kunt nog mee, als je wilt."

Nou, dat wilde Jorg maar al te graag.

Hij 'vergat' even te melden dat hij nog nooit op een snowboard had gestaan, want hoe moeilijk kon dit nou eigenlijk zijn voor een ervaren skateboarder als hij? Het enige verschil was dat je hier niet 'los' op stond.

Nou, dan hoefde hij tenminste geen moeite te doen om het ding tijdens een *Ollie* of een *Kickflip* aan zijn voeten te houden.

Helemaal prima, hoor!

Hij gaf zijn schoenmaat op en liep even later bepakt en bezakt met de groep mee naar de beginnerswei, waar ze gezamenlijk met een 'warming up' begonnen.

Daarna zette Jorg net als de rest van de groep zijn helm op, snoerde zijn kniebeschermers vast en klikte de gehuurde schoenen in de bindingen.

Oef, nou voelde hij zich ineens als een zeemeermin met een vissenstaart aan het eind. Dit was wel even wat anders dan een skateboard, hij kon geen voet meer verroeren.

Toch maar heel even luisteren naar wat die Karl over techniekjes en houdingen te vertellen had, vóór hij aan een afdaling begon.

***

Alsof ze het erg koud had, stapte Samantha diep in haar jas gedoken de toiletruimte uit. Brandon liep vlak naast haar, het grootste deel van zijn gezicht was bedekt met de sjaal van Marlies.

Het was algauw duidelijk dat het ontsnappingsplan perfect werkte. De giebelende fans stonden opgewonden kletsend naar de deur van de *Herren* te staren en ze gingen zelfs braafjes opzij om Brandon en Samantha door te laten.

Die liepen haastig door naar de Skihut, waar drankjes en notenbroodjes werden verkocht, en zochten een goed heenkomen achter het muurtje.

Algauw zagen ze Marlies aankomen, zonder muts en zonder sjaal, maar mét hun ski's.

Samantha grinnikte. Dat was slim van Marlies. Zo zagen de fans meteen dat ze Brandon niet was, ook al droeg ze net zo'n jas als hij.

„Alles kits hier?" vroeg Marlies.

„Yep," grinnikte Samantha. „'Operatie verkleedpartij' is helemaal geslaagd." Ze keek Brandon aan. „Zullen we met ons vieren de zwarte piste gaan doen?"

„Met ons vieren?" vroeg Brandon en hij keek om zich heen.

Samantha glimlachte. „Merel moet hier ook nog ergens lopen. Wacht, ik bel haar wel even."

Achter Brandons rug begon Marlies wild te gebaren, op Brandon te wijzen en met haar hoofd te schudden. „Merel is vast allang weer beneden," zei Marlies. „Die redt zich heus wel."

Samantha stopte haar telefoon weer in haar zak. Het was maar al te duidelijk: Marlies viel op Brandon en daar had ze haar vlotte zusje niet bij nodig.

Ze gaf Marlies een knipoog. „Je hebt helemaal gelijk. We moeten Merel maar niet storen bij de mannenjacht."

„Is Merel zo'n mannenjaagster dan?" vroeg Brandon vol interesse.

„Welnee," reageerde Samantha meteen. „Da's een intern

zussengrapje. Als we er eentje missen, zeggen we altijd dat die op jacht is."

Ze rekte zich uit, liep naar de hoek van de muur en keek. De opdringerige fans waren nergens te zien.

„Het sein kan op groen," zei ze grinnikend. „Zullen we dan maar?"

„Goed plan," vond Brandon. „Maar door dat gedoe met die tienermeiden sta ik de hele ochtend al droog. Dus wilde ik eerst maar op koffie trakteren. Oké?"

De meiden knikte instemmend.

„Oké, dan halen we even een bekertje om de hoek."

Brandon schudde zijn hoofd en gebaarde naar het terras van restaurant *Matterhorn* een eindje verderop. „Laten we daar maar even lekker in de zon gaan zitten."

Hij pakte zijn ski's op, maar Marlies hield hem tegen.

„Ben je niet bang dat die fans daar dan weer opduiken en vervelend gaan doen?" vroeg ze.

„Dat zal wel meevallen nou," verklaarde Brandon opgewekt. „Met twee van die mooie meiden in mijn kielzog gaan die vast wel ergens van een afstandje staan giebelen."

Samantha zag hoe Marlies helemaal rood aanliep onder Brandons indringende blik en ze besloot om maar een beetje achter te blijven, zodat haar zus even wat privacy met Brandon had.

Dat werkte. Al snel liep het stel een eindje voor haar gezellig te kletsen op een manier alsof ze elkaar al jaren kenden.

Nou, Marlies bofte maar dat Merel nergens te bekennen was. Nu had ze die spetter tenminste een poosje helemaal voor zichzelf.

Of het haar veel zou helpen, betwijfelde Samantha wel een beetje. Ze had al veel vaker gezien dat er iemand helemaal hoteldebotel van Marlies was, maar dan een tijdje later toch nog voor Merel koos.

Merel was nou eenmaal een stuk vlotter en ze zag er ook

niks verkeerds in om de spetters van haar zus over te nemen.

Eigenlijk snapte ze niet dat Marlies dat allemaal pikte, maar goed … Marlies had in de trein op weg naar hier aangekondigd dat ze dat heus wilde veranderen. Dus wie weet, was ze wel écht van plan om eens wat assertiever te worden.

Bij het lage muurtje voor het terras stond Marlies ineens stil en begon vervolgens te zwaaien en opvallend naar achter te wijzen.

Op het terras zwaaide er iemand terug.

Ernst? Was dat Ernst?

Voor zover dat lukte in de hoge sneeuw liep Samantha snel verder en stapte even later het terras op, waar de anderen al bij Ernst aan een tafeltje waren gaan zitten.

In het knusse hoekje naast hem was nog precies één stoel vrij.

„Ha Samantha," groette Ernst vrolijk en hij wees op de vrije stoel. „Kom erbij zitten."

Samantha aarzelde. Er was daar erg weinig ruimte, dus zou ze zo ongeveer bij Ernst op schoot terecht komen.

Moest ze dat nou wel doen?

Oké, haar zus en Brandon zaten er ook bij, maar stel je voor dat er hier ook een webcam hing en dat Jorg …

Maar verder was het hele terras behoorlijk vol. Veel keus had ze dus niet. En ze kon moeilijk aan Marlies vragen om van plaats te ruilen, die zat met een blij gezicht dicht bij Brandon.

Marlies voelde haar blik en keek op. „Kom op nou, Sam," zei ze en Samantha gaf zich gewonnen.

Toen ze zich langs de tafelrand wurmde en heel dicht voor Ernst langs moest stappen, gaf die haar onverwacht een luchtig kusje op haar wang als begroeting.

Samantha wist even niet meer hoe ze moest reageren.

Ze wilde absoluut niet door Ernst gekust worden!

Hoewel …

Wat kon zo'n kusje nou voor kwaad?

Ze kuste Ernst vriendschappelijk terug en ging een klein beetje gespannen naast hem zitten.

Ze vond Ernst nog steeds erg leuk. Maar ze was wél met Jorg getrouwd. Alleen zat Jorg met een stel vrienden en wie weet hoeveel mooie meiden, kilometers ver weg op een zonnig strand in Isla Margarita …

Toch?

***

Jorg had het geweldig naar zijn zin. Na een uitgebreide uitleg van Karl had hij onder het mom van 'ik-moet-er-weer-even-inkomen-hoor' eerst een minihelling geprobeerd. En terwijl om hem heen de ene beginner na de andere roemloos in de sneeuw duikelde, gaf Jorg een perfecte demonstratie van hoe het wél moest.

Terwijl Karl goedkeurend stond toe te kijken, lukte het hem zelfs om even te *airen* en een soort *kickflip* te produceren.

Nou, kijk eens aan. Dat had hij weer eens helemaal goed ingeschat. Een snowboard was niks anders dan een veredeld skateboard zonder wieltjes en het ding had al absoluut geen geheimen meer voor hem.

Hij was helemaal klaar voor het échte werk!

Hij vertelde Karl dat hij naar boven ging en die knikte instemmend. „*Hals und Beinbruch!*" zei Karl opgewekt.

Daar moest Jorg toch even van slikken. Maffe lui, die Zwitsers. Die wensten je allerlei ellende toe en daar stonden ze dan ook nog vriendelijk bij te lachen.

Nou ja, het zou wel zo horen.

Jorg liet zich met de sleeplift een flink stuk omhoog trekken, ging naar de zijkant van het parcours en keek om zich heen of hij veilig kon invoegen.

Daarna schoot hij opgewekt slalommend met een giganti-sche snelheid de berg af. De sneeuw spoot hem om de oren en Jorg genoot.

Ha! Dit was pas leven!

Jammer dat het zo snel ging. De volgende ronde begon hij niet meer halverwege het parcours. Dan ging hij lekker hele-maal vanaf de top!

Maar nu moest hij toch eens aan een beetje afremmen gaan denken. Hij ging wel érg hard op dat station van de stoel-tjeslift af.

Normaal op straat was remmen niet zo'n kunst. Echt veel helling was er immers niet in Nederland en overdreven veel snelheid kon je ook op een ramp niet maken.

Hij draaide meestal een soepel bochtje naar links en sprong dan van zijn plankje af. Dat vloog daarna meestal nog een paar meter alleen verder.

Maar dat ging nu natuurlijk niet werken, want hij zat met zijn schoenen aan het gevalletje vast …

Oh shit! Hij had zich compleet op de snelheid verkeken! Hoe moest hij dat ooit nog op tijd corrigeren?

***

De serveerster zette een groot blad met drankjes op de tafel en Samantha leunde ontspannen met gesloten ogen achtero-ver. Heerlijk, dat zonnetje!

„We zouden nog steeds een keer gaan eten," hoorde ze Ernst zeggen. „Wat dacht je van vanavond zeven uur?"

Samantha beet op haar lip. Dat leek haar aan de ene kant erg gezellig, maar aan de andere kant … Daar kon ze toch maar beter niet aan beginnen.

Ze was dat rare telefoontje van Jorg nog steeds niet verge-ten. Stel je voor dat die haar op de een of andere manier toch in de gaten kon houden? Ze had geen zin om haar huwelijk op het spel te zetten voor een vakantieflirt.

Met tegenzin deed Samantha haar ogen open. „Nee, dat vind ik ..." begon ze aarzelend, maar haar woorden gingen helemaal verloren door de stem van Brandon.

„Lijkt me een briljant plan," antwoordde die. „Zeven uur is helemaal perfect."

Samantha keek hem verbaasd aan. „Ernst had het tegen mij, hoor."

Brandon grinnikte en gaf haar een ondeugende knipoog. „En ík had het tegen Marlies."

„Oh sorry, dat had ik even niet begrepen." Ze draaide haar gezicht naar Ernst. „Ik eh ... Ik weet wel dat we het hadden afgesproken, alleen, eh ..."

Ze wierp schichtig een blik opzij, maar Ernst keek niet naar haar en het leek er verdraaid veel op dat hij ook niet meer hoorde wat ze zei.

„Die vent gaat wel een beetje érg hard," bromde Ernst met zijn ogen strak op de piste gericht.

Samantha volgde zijn blik.

In wolken van sneeuw kwam er een snowboarder van de helling af geslalomd en die had een ijzingwekkend tempo.

„Waarom remt die sukkel niet?" riep Marlies verschrikt. „Als die vent zo doorgaat, knalt hij dwars door het berg-station heen."

Het leek wel of de ongelukkige snowboarder de uitroep van Marlies gehoord had, want hij begon ineens heftig te rem-men en gooide zijn snowboard op zijn kant.

Terwijl er een ware fontein van sneeuw omhoog spoot, schoot de man in een scherpe bocht en gleed vervolgens recht op het terras af. Weliswaar met behoorlijk minder vaart, maar toch was er geen ontsnappen meer aan.

Terwijl er overal omstanders begonnen te gillen, raakte het snowboard het muurtje rond het terras.

De bindingen schoten los en terwijl het snowboard natrillend van de klap half tegen het muurtje bleef liggen, vloog de ongelukkige wintersporter door de lucht, zeilde een stukje over het terras en landde ten slotte precies voor Samantha op de tafel, waar hij met zijn maaiende armen het volle blad met drankjes op de grond veegde.

Toen bleef hij hijgend liggen.

Er kwam al snel beweging in de verschrikte mensen op het terras. Ernst en Brandon sprongen allebei overeind om te onderzoeken of de pechvogel gewond was geraakt en nieuwsgierige omstanders vormden een cirkel om de tafel om maar niks van de gebeurtenissen te hoeven missen.

Alleen Samantha zat verstijfd van schrik naar de man te staren.

Jorg?

Dat leek Jorg wel!

Maar dat kón helemaal niet. Jorg zat op Isla Margarita!

***

Merel stond op haar skistokken geleund naar Supersnor te kijken, die als een slappe vaatdoek in de struiken hing. Het liefste zou ze gewoon doorskiën en de vent daar lekker laten uitwaaien.

Maar ja, dat kon ze natuurlijk niet maken. Ook al was het nog zo'n vervelend klier, ze mocht hem niet aan zijn lot overlaten. Dat soort dingen deed je niet op de piste.

Dus klikte ze zuchtend haar ski's los en worstelde zich voorzichtig door de rimboe heen tot ze bij Supersnor kwam.

Ze zag nergens bloed en al zijn ledematen hingen er ook nog redelijk bij, maar hij was intens wit en met zijn praatjes was het helemaal gedaan. Dat was uiteraard wel lekker rustig, maar het betekende ook dat er van haar enige actie werd verwacht.

Ze kon het beste het alarmnummer bellen. Maar ja, ze had

er geen flauw idee van of dat hier in Zwitserland ook 112 was.

En zo ja, moest het landennummer van Zwitserland er dan nog voor worden gezet? Ze belde immers met een Nederlands mobieltje.

Wacht, ze waarschuwde Karl wel even. Als skileraar wist hij ongetwijfeld wel wat er allemaal moest gebeuren in zo'n geval. Karl had gisteravond zijn nummer nog in de adressenlijst van haar mobieltje gezet, omdat hij met haar uit eten wilde. En hij had ter plekke getest of het werkte, dus Karl inseinen moest gaan lukken.

Ze zocht het nummer op, drukte op 'verbinding maken' en hield het telefoontje tegen haar oor.

Er klonk een hoop geruis en net toen Merel zich af begon te vragen of ze wel bereik had, hoorde ze: „Hallo, Karl hier!"

„Hé, Karl, ik ben op de rode piste en daar is iemand uit de bocht gevlogen."

„Een van je zussen?" vroeg Karl verschrikt.

„Nee, een of andere vervelende vent. Ik ken hem niet. Maar hij was aan het stunten en hij heeft een beste schuiver gemaakt."

„Ernstig?"

„Geen idee. Hij is bewusteloos, dus ik kan hem niet vragen hoe hij zich voelt."

„Ik waarschuw de hulpdiensten en ik kom naar je toe. Ga je even aan de kant staan, zodat ik weet waar het is? Anders schiet ik er nog voorbij."

„Doe ik," zei Merel.

„Oké, ik kom eraan."

Merel drukte de verbinding weg, stopte haar mobiel weer in haar zak en keek naar Supersnor.

Wat een ongelofelijke oen!

Door zijn irritante macho-gedoe kon ze een weerzien met Brandon voorlopig wel op haar buik schrijven! En nou was

Karl ook nog onderweg. Alle kans dat ze de rest van de dag weer met hem opgezadeld zou zitten ...

Echt balen!

Altijd maar die ellendige mannen! De één was nog irritanter dan de ander. Eigenlijk zou ze het hele fenomeen 'man' voor altijd voor gezien moeten houden.

Ze grinnikte. Wat had ze nu weer voor wilde plannen? Ze had toch zo plechtig met haar zussen afgesproken om van deze trip een heuse Meidenvakantie te maken? En wat was daarvan terechtgekomen?

Oké, Marlies hield zich er natuurlijk keurig aan. Maar ja, dan had je het wel over verlegen Marliesje. Het lukte haar, Merel, en Sam natuurlijk voor geen meter!

Snor bewoog nog steeds niet en Merel worstelde zich voorzichtig terug naar de rand van de piste, waar ze helemaal aan de kant ging staan om naar Karl te kunnen zwaaien zodra ze hem de hoek om zag komen.

En daarna moest ze maar zo snel mogelijk proberen om van Karl af te komen, dan ging ze verder met de Brandonjacht!

***

Jorg lag languit op het zonnige tafeltje van restaurant 'Matterhorn' en hij kwam heel langzaam weer een beetje bij zijn positieven.

Wow! Die afdaling was helemaal te gek gaaf geweest! Hij moest alleen zijn remtechnieken nog wat bijspijkeren. Straks die leraar maar weer eens opzoeken en om een bijlesje vragen.

Jorg kwam rustig overeind en besloot om James Bond maar eens na te doen. Die zou in een dergelijk *embarrassing situation* een wenkbrauw optrekken, vriendelijke grijnzen en nét doen of het allemaal zo hoorde. De beste manier om zichzelf een gigantische afgang te besparen!

„*Morgen, die Herrschaften,*" groette Jorg opgewekt en hij sloeg zijn benen over de rand van het tafeltje om er sierlijk af te kunnen stappen. „*Ich möchte …*"

En toen bleven de woorden hem in de keel steken. Die vrouw! Dat was Sam!

Jorg tuurde verbijsterd naar zijn vrouw en keek daarna om zich heen. Marlies zat er ook, dicht tegen een bruinharige vent aan. Maar Sam was ook niet alleen …

Die bal gehakt waar ze gisteravond zo innig mee had gedanst, die zat naast haar! Sterker nog, ze zat zo ongeveer bij het stuk tartaar op schoot!

„Samantha Molenaars-van Delden!" riep Jorg kwaad. „Hoe haal je het in je hoofd om zo met die bierworst aan te pappen! Je bent met míj getrouwd!"

Samantha staarde hem ontzet aan. „Maar Jorg, jij zit toch op Isla Margarita?" fluisterde ze ontdaan.

Daar werd Jorg nog bozer van. „Wat denk je wel! Mijn man is even weg en dan zet ik de bloemetjes maar eens lekker buiten? Noem je dat huwelijkstrouw?"

„Jorg, rustig nou. Er is helemaal niks tussen Ernst en mij gebeurd!"

Ernst?

Ineens hoorde Jorg de stem van Merel weer plagend in zijn hoofd echoën: '*Ernst was haar eerste grote liefde, hè Sam?*'

Dus die ellendige vrouwenversierder was Ernst!

Jorg keek Samantha met een woeste blik aan. „Er is wel degelijk wat tussen jou en deze vent. Die Zwitserse bierbuik was je eerste grote liefde, ontken het maar niet."

Samantha liep rood aan. „Maar dat was vroeger, Jorg. Voor ik jou kende."

„Klets niet! Je stond gisteravond nog met hem te buik-schuiven in die 'Bierstube'. Als je dát vroeger noemt."

Aan de rand van het terras klonk een verschrikte kreet en

vanuit zijn ooghoeken zag Jorg een jongetje over zijn snowboard vallen. Het kereltje werd door zijn moeder opgevangen, maar het snowboard ketste van het muurtje af en begon tergend langzaam weg te glijden.

Wel alle gloeiende! Hij had omgerekend minstens 125 euro borg voor dat ding betaald!

„Ogenblikje, mevrouw Molenaars," bitste Jorg, „ik ben zo terug." En hij ging als een speer achter zijn snowboard aan.

Maar toen hij vlak bij de wegglijdende vluchteling was, had het ding net een hellinkje bereikt en kreeg ineens meer vaart. Jorg bukte razendsnel, greep mis en duikelde vervolgens integraal over de punten van zijn schoenen heen.

Met wild om zich heen graaiende armen landde hij op zijn buik op de steeds steiler wordende helling en rolde als een ongeleid projectiel achter zijn wegspurtende snowboard aan.

Boven, op het randje van het terras, schudde Ernst wat meewarig zijn hoofd. „Was dat je man, Samantha? Die doet wel érg veel moeite om een beetje indruk op je te maken, zeg."

***

Karl stopte op amper twee centimeter voor Merels voeten en gaf haar snel een kusje op haar wang.

„De reddingshelikopter is onderweg."

Hij schopte zijn ski's aan de kant, zette een grote toorts midden op de piste en stak die aan.

Merel stond het met samengeknepen ogen te bekijken. „Is dat nou wel slim? Zo hebben we binnen de kortste keren het volgende ongeluk."

Karl grinnikte. „Deze piste is natuurlijk gelijk afgesloten. Hier komt voorlopig niemand meer naar beneden."

Hij liep terug naar Merel en wees op Snor. „Hoe is het met hem?"

Merel haalde haar schouders op. „Hij was net nog bewuste-loos en ik heb hem nog niet zien bewegen."

Karl stapte op zijn beurt de rimboe in, worstelde zich naar Snor toe en liep weer terug.

„Bewusteloos," knikte hij. „Ik ga maar niet met hem slepen. Heb je gezien wat er gebeurd is?"

Ze knikte wat zuur. „Ja hoor. Ik zat op de eerste rang. Hij was voor mijn neus op zijn manier aan het schansspringen en toen zag hij een kei over het hoofd."

Karl keek verbaasd en hij wilde wat terugzeggen, maar dat ging al niet meer door een snel aanzwellend gigantisch motorgeronk.

In een wervelende waas van opwaaiende sneeuw en takjes landde de reddingshelikopter precies voor de brandende fak-kel midden op de piste.

Merels hart begon als een razende te kloppen.

Wow! Wat een oergeweld!

En het ding zag er ook zo lekker macho uit. Rood met stoe-re witte sterretjes …

Wat moest het heerlijk zijn om zo'n toestel te kunnen besturen!

De deur van de helikopter schoof open en er kwamen twee mannen met een brancard naar buiten. Om de wentelende wieken te ontwijken, renden ze half voorovergebogen naar de rand van de piste.

Karl wees naar de slappe, gele vaatdoek in de struiken. „Hij is buiten westen."

„*Wie lange?*" vroeg de voorste reddingswerker. Hij had mooie blauwe ogen en een erg knap gezicht.

Merel draaide haar blik weer naar de helikopter. De piloot leek ook niet verkeerd. Ze zag bruine haren en een spette-rende zonnebril. Jammer dat ze hem door het glas niet goed kon zien. En hij had natuurlijk ook nog een koptelefoon op zijn …

Karl stootte haar aan. „Gaat het, Merel? Ze hebben je nou al drie keer gevraagd hoe lang die man van de kaart is."

Merel schrok op. Die man? Oh, ze bedoelden Snor natuurlijk. „Nou, eh … algauw tien minuten of zo? Ik heb je gelijk gebeld nadat het gebeurd was."

Terwijl Karl de boodschap doorgaf aan de reddingswerkers, keek Merel weer naar de helikopter.

'*Air Zermatt AG*' stond er op de voorkant. Die deden ook rondvluchtjes. Dat wist ze uit ervaring, want een paar jaar geleden had ze een keertje mee mogen vliegen in dezelfde soort helikopter. Als verjaardagscadeau.

Het was geweldig geweest! Maar jammer genoeg had Marlies weer eens roet in het eten gegooid.

Nou ja, roet …

Marlies was opeens verschrikkelijk misselijk geworden en nadat zij de piloot op haar half verteerde verjaardagsontbijtje getrakteerd had, hadden ze al snel weer op de grond gestaan.

Zou ze vragen of ze mee mocht vliegen naar het ziekenhuis? Het was vast maar een klein stukje en als ze nou beloofde dat ze heel stil zat …

Ze merkte ineens dat de piloot naar haar zwaaide. Oeps, ze stond hem natuurlijk wel erg overdreven aan te staren. Maar dit was wél haar kans op een lift.

Ze zwaaide opgewekt terug, keek om zich heen, en om aan te geven dat ze heus wel op de rondwentelende propellerbladen lette, stak ze voorovergebogen de piste over.

Toen ze er bijna was, had ze ineens het sterke gevoel dat er iemand naar haar keek. Vanuit haar gebogen positie wierp ze een blik omhoog en ja hoor, de piloot zat heftig naar achteren te gebaren.

Verdraaid, het leek er heel erg op dat hij een baard had.

Bah, als ze érgens een hekel aan had … De fenomenen 'snor' en 'baard' stonden toch wel op een gedeelde eerste plaats.

Zucht. Die ziekenbroeder was een stuk leuker, maar die kon niet vliegen …

Nou, wat gaf het? Zolang *Mister Baard* haar niet zou kussen, had ze ook geen last van gekriebel.

Ze werkte zich op haar billen de helikopter in en lachte vrolijk naar de piloot.

Die wees met zijn wijsvinger naar een koptelefoon en Merel knikte begrijpend. Tuurlijk, gewoon praten was niet echt handig vanwege de herrie.

Ze zette de koptelefoon op en zei in het Duits: „Hoi, kun je me horen?"

De piloot knikte. „Yep, ik ben Ingmar. Ligt je vriend in de kreukels?"

Merel verschoot van kleur. Wat zou hij graag horen? Dat superkanarie Snor haar vriend was en dat ze daarom wel even mee wilde naar het ziekenhuis? Of zou hij het leuker vinden als ze een vrije meid was? Had ze dan méér kans op een gratis vliegtochtje?

Op dat moment voelde ze een bekend getril op haar dij.

„Mijn mobieltje gaat af. Mag ik die opnemen? Of …"

„Yep, als je snel bent, we gaan zo weg."

We gaan zo weg …

Zou dat betekenen dat ze mee mocht?

Ze greep haastig haar mobiel, hield die tegen haar oor en stopte met haar vinger haar andere oor dicht vanwege het lawaai.

„Met Merel."

„Merel, hij heeft me gedumpt!" hoorde ze de stem van Kelly met gierende uithalen roepen.

Wat? Kelly was alwéér gedumpt? Ja, daar had ze nu écht even geen tijd voor, hoor!

„Sorry, Kelly. Ik vind het supersneu voor je. Maar ik zit in Zwitserland in een helikopter. We gaan dadelijk op weg naar het ziekenhuis."

Kelly begon zo ongeveer te gillen. „Het ziekenhuis! Merel! Gaat het goed met je? Ik kan je zo moeilijk verstaan."

„Die helikopter maakt een gigantische herrie. Er is een ongeluk gebeurd en ik ga …"

„Een ongeluk!" kreet Kelly verschrikt. „Merel! Wat erg!"

„Het is allemaal goed met mij, hoor," riep Merel. „Er is een man hier die …"

De ziekenbroeders schoven de brancard met Snor het toestel in en piloot Ingmar begon naar haar te gebaren dat ze op moest hangen.

„Kelly, ik moet ophangen. Doei."

Merel klikte de verbinding weg en zette razendsnel haar koptelefoon weer op haar hoofd. Nu kwam het er immers op aan! Ze mocht vooral niks doen om Ingmar ook maar de kleinste suggestie te geven dat hij haar er beter uit kon schoppen.

„Oké, gordel om en mobiel uitschakelen. We gaan vertrekken," klonk de stem van Ingmar in haar oor.

Terwijl Merel in ijltempo deed wat er van haar gevraagd werd, schoof de leuke ziekenbroeder de deur dicht, ging dicht naast de brancard zitten en greep het infuus.

Merel voelde een schokje en haar hart sloeg minstens drie tellen over van pure opwinding.

Wow! Ze mocht echt mee! En ze zat hier geweldig, zo naast het raam. Super!

De helikopter ging heel even steil omhoog, draaide en vloog weg terwijl hij steeds hoger en hoger klom.

Beneden op de piste zag ze een stomverbaasd kijkende Karl snel kleiner worden.

Mooi zo, was ze daar meteen van verlost.

7

Marlies stond naast Brandon op de rand van het terras van hotel 'Matterhorn' de naar beneden rollende Jorg na te kijken.

Het snowboard bereikte een vlak stuk, minderde vaart en werd even later tegengehouden door een oplettende skiër.

Algauw kwam ook Jorg aanglijden en hij nam zijn gehuurde plankje weer over.

Daarna zag ze hem omhoog kijken, de gladde helling langs.

„Dat zal nog niet zo makkelijk zijn om weer boven te komen," was het commentaar van Brandon naast haar. „Hij kan beter op dat snowboard stappen en naar beneden gaan."

„Tja …" antwoordde Marlies aarzelend. „Hij lijkt me nou niet bepaald een snowboard talent. Remmen kan hij in elk geval voor geen centimeter." Ze begon te grinniken. „Maar ik moet toegeven dat hij prima kan vliegen."

„Jorg kan heel aardig met een skateboard uit de voeten, hoor," bromde Samantha achter hen. „Maar dit lijkt me een beetje te hoog gegrepen. Ik weet zeker dat hij nog nooit is wezen wintersporten en een paar dagen geleden zat hij nog thuis op de bank te mokken. Dus hoe lang kan hij nou eigenlijk aan het snowboarden zijn, vraag ik me dan af."

Ver onder hen stapte Jorg weer op het board, keek nog eens in hun richting en schoot met ware doodsverachting de helling af.

Marlies hoorde Samantha diep zuchten. „Dag vakantie. Het is alleen maar een kwestie tijd voor de volgende crash. Met een beetje pech zit ik straks in zo'n wit ziekenzaaltje zijn op acht plaatsen gebroken handje vast te houden."

Marlies streelde troostend over Samantha's mouw. „Dat zal heus wel meevallen, joh. Zo beroerd doet hij het nou ook weer niet. En je weet nu tenminste ook waar dat maffe voicemail berichtje op sloeg. Jorg heeft je écht met Ernst zien dansen."

En met háár ogen was ook niks mis. Ze had Jorg echt gezien. Een boze Jorg, die door de veiligheidsdienst van het terrein was verwijderd …

En daar was hij duidelijk niet van opgevrolijkt.

„Wat schiet ik daar nou mee op?" bromde Samantha intussen. „Lekker huwelijk zo. Mij een beetje wijsmaken dat hij in de zon zit te bakken."

„Misschien wilde hij je verrassen?" opperde Brandon.

Samantha trok het gezicht van iemand die een ijsje wil gaan eten en tot de ontdekking komt dat haar portemonnee nog op de keukentafel ligt.

„Verrassen?" zuchtte ze. „Bespioneren zul je bedoelen. Die vent van mij heeft teveel James Bondfilms gezien."

Ernst had het gesprek blijkbaar zo goed en kwaad als dat ging proberen te volgen en dat was hem nog aardig gelukt ook, want *Schwyzer Duuts* leek best een beetje op Nederlands.

„Je hebt mij toch," zei hij opeens en hij zakte op één knie voor Samantha neer. *„Samantha, ich liebe dich.* Je moet maar zo snel mogelijk scheiden, dan kun je voor altijd bij mij komen wonen."

Marlies zag hoe Brandon zijn ogen verbaasd dichtkneep en Ernst aanstaarde.

Ze waren hier wél met een apart stelletje, zeg. Brandon sprak geen Duits, en Ernst geen Engels of Nederlands. En toch konden ze prima met elkaar overweg in al die talen.

„Wat heeft hij opeens?" fluisterde Brandon in haar oor. „Kramp in zijn kuiten of zo?"

„Hij vraagt haar ten huwelijk."

„Oh ja? Maar ze is toch met die stuntelende snowboarder getrouwd?"

Marlies haalde haar schouders op. „Dat vindt Ernst blijkbaar geen punt."

„Mooie boel. Ik heb altijd geleerd dat je met je vingers van een getrouwde vrouw moet afblijven."

Marlies voelde zich opeens warm worden vanbinnen. Brandon dacht er net zo over als zij! Een keertje samen uit eten of dansen, oké. Maar Ernst moest echt ophouden met dat geslijm tegen Samantha nu Jorg er was. Jorg had wat gekke trekjes, maar verder was hij een prima vent!

Brandon wenkte de serveerster. „Laten we maar weer even gaan zitten en nieuwe drankjes bestellen. Ik heb nog niet eens één slok kunnen nemen voor Jorg alles van de tafel maaide. Gelukkig heb ik dit keer niet alle koffie over me heen gekregen, net als gister."

Marlies glimlachte. „Zeker een cadeautje van je fans?"

Ze zag hem verbaasd kijken. „Nee, de serveerster sloeg helemaal op tilt van de zenuwen. Heeft Merel dat niet verteld?"

Marlies schrok en haar keel voelde ineens aan als een soort gortdroge zandwoestijn waar al jaren geen buitje meer gevallen was.

„Me ... Merel?" stotterde ze. „Waarom zou Merel dat hebben moeten ..." Ze staarde hem ontzet aan.

„Merel zat immers naast me. We hebben gisterochtend samen koffiegedronken in 'Zum weißen Hirsch'."

Marlies staarde Brandon aan. Had hij gisterochtend met Merel in 'Zum weißen Hirsch' gezeten? Maar wanneer dan in vredesnaam? Ze hadden Merel toch met Kárl op dat terras betrapt?

Ineens vielen alle puzzelstukjes met een klap op hun plaats en er flitste een intens gevoel van pure wanhoop door Marlies heen.

Zo bijzonder was Brandon nou ook weer niet, hoorde ze Merels stem in haar gedachten zeggen. *Wat kan jou die vent eigenlijk schelen? Er zijn genoeg andere mannen op de wereld hoor!*

Nee toch!

Merel had zijn visitekaartje natuurlijk helemáál niet weggegooid. Dat had ze alleen maar gezegd om háár zand in haar ogen te strooien. Merel zat achter Brandon aan. Daarom deed ze zo onverschillig als het over hém ging!

Ze beet radeloos op haar lip. Zij kon Brandon verder wel vergeten. *Princess Flirt* had alweer toegeslagen en Brandon in haar die-ga-ik-eens-professioneel-verleiden-boekje gezet. Daar kwam zij niet meer aan te pas!

Daarom trok Brandon nu natuurlijk ook met hen op. Hij wilde Merel weer terug zien!

Brandon keek haar indringend aan en de intense blik in zijn prachtige ogen sneed de arme Marlies pijnlijk door haar ziel. Ze vond hem zo leuk! Waarom moest haar zusje het altijd maar voor haar verpesten?

„Gaat het, Marlies?" vroeg Brandon bezorgd. „Je ziet ineens zo wit."

Ze knikte dapper. „Ja hoor, ik, eh …"

Ze kroop wat dieper weg in Brandons jack, dat ze nog steeds aan had om eventuele fans om te tuin te leiden. Het rook zo lekker naar hem! En heel even was het weer alsof hij zijn armen dicht om haar heen geslagen hield. Alsof hij haar troostte in haar verdriet, alsof hij elk moment haar brandende tranen weg zou kussen …

Tranen?

Ze wreef heftig over haar ogen.

Niks geen tranen! Het was allemaal ontzettend ellendig, maar ze moest wel een beetje normaal blijven doen. Dit was haar immers al zo vaak overkomen. Ze moest daar onderhand toch aan gewend zijn.

Ze haalde diep adem en voelde hoe de pittige berglucht haar longen vulde.

Ze was het al vast van plan geweest, maar nu wist ze het helemáál zeker! Ze ging verhuizen naar een plek heel ver weg en dan probeerde ze de rest van haar leven al haar mannelijke kennissen uit de buurt van Merel te houden!

Dat was natuurlijk lastig, maar als zij ooit een leuke man voor zichzelf wilde hebben én houden, moest ze onderhand echt maatregelen gaan nemen.

De serveerster zette een blad met verse drankjes op de tafel neer en terwijl Brandon een kopje naar haar toe schoof, ging aan de overkant van de tafel een mobieltje af.

Ernst trok zijn telefoon tevoorschijn en luisterde.

„Oké, begrepen," bromde hij in het toestelletje. „Rode piste afgesloten. Ik kom er aan."

Hij tikte Samantha op haar arm. „Er is een ongeluk gebeurd op de rode piste. Ik bel je nog wel."

Zonder op antwoord te wachten, draafde Ernst weg.

„Wat moet ik nou doen?" vroeg Samantha met een verwilderde blik in haar ogen. „Ik wil Ernst helemaal niet, maar aan de andere kant wil ik Ernst ook weer wél." Ze slaakte een diepe zucht en praatte door: „Ik hou zo verschrikkelijk veel van Jorg, maar die is toch onderhand niet meer te genieten met dat jaloerse gedoe van hem? Wat moet ik nou?"

„Je moet je hart volgen, Sam. Jorg is gewoon een beetje bezitterig. Maar zo ís Jorg nou eenmaal. Dat wist je toen je met hem trouwde. Ik herinner me nog goed, hoe …"

Hoe Jorg op jullie bruiloft het peperdure, hagelwitte, driedelige rokkostuum van ome Anton onder de sambal smeerde, omdat die het in zijn hoofd had gehaald om jou per ongeluk half op je lippen te kussen …

„Ja, ja," viel Samantha haar met een korte blik op Brandon haastig in de rede. „Dat weet ik ook nog wel, ja."

Het was duidelijk dat Brandon ook wel even wilde meegenieten van het roddeltje over Jorg, maar er schalde ineens een vrolijk muziekje over het terras en Samantha pakte haar mobieltje.

„Het is Kelly," zei ze met een blik op het display. „Die is weer eens gedumpt. Waar wedden we om?"

Marlies schudde haar hoofd. „Nee, daar verspil ik geen

cent meer aan. Dat win je geheid."

Ze hoorde Brandon grinniken. „Een vriendin van jullie?"

„Wat zeg je, Kel?" vroeg Samantha intussen. „Merel? Ja, daar gaat het vast wel goed mee. Waarom vraag je dat?"

Marlies lachte naar Brandon. „Kelly heeft altijd maar gedoe met haar vriendjes. Die wordt elke week tig keer gedumpt en dan belt ze ons op de gekste momenten om haar nood te klagen."

„Dat méén je niet!" gilde Samantha ineens overstuur in haar mobiel. „Nee, dat kan niet. Dat kán niet!"

Marlies voelde een akelige steek in haar buik en keek geschrokken naar Samantha.

Lieve help, wat zag Sam ineens wit!

„Wat is er aan de hand?" vroeg ze, maar haar woorden gingen verloren in het angstaanjagende geronk van de reddings-helikopter die in een zee van herrie kwam overvliegen.

Samantha wees omhoog. „Daar ligt Merel in," schreeuwde ze paniekerig. „Merel heeft een ernstig ongeluk gehad."

„Wat? Maar dat kan toch niet?" fluisterde Marlies. „Niet Merel!"

Ze stak haar vingers in haar mond en zonder te beseffen wat ze deed, begon ze helemaal nerveus op haar nagels te knagen.

Dit was háár schuld! Dat kwam omdat zíj al die nare dingen over haar zusje had gedacht! Oh, Merel! Ze hield zoveel van haar! Hoe had ze nou ooit kunnen denken dat ze zonder Merel een eigen leven moest gaan leiden? De M & M's hoorden toch bij elkaar? Ze kón helemaal niet zonder haar zusje!

Oh, als het nou maar goed ging! Dan mocht Merel de rest van haar leven al haar vriendjes versieren!

Het werd weer stil op de berg en Marlies hoorde Samantha zeggen: „Ja, de helikopter kwam net over. Weet je waar ze Merel heen brengen?"

Ze luisterde even en zei: „Het ziekenhuis? Ja, dat snap ..."

Samantha was weer even stil. „Wat zeg je? Merel kon niet verder praten? Maar je had haar zelf aan de lijn? Dat weet je zeker?"

Samantha wreef nerveus met haar hand over haar ogen en knikte. „Oké, heel erg bedankt. Ja, natuurlijk bel ik je als ik meer weet. Doei."

Ze klikte de verbinding weg en staarde witjes voor zich uit.

Marlies had het gevoel dat ze nooit meer een woord zou kunnen uitbrengen. Haar keel zat potdicht van ellende.

„Wat is er gebeurd?" fluisterde ze hees.

„Kelly vertelt me net dat Merel een ongeluk heeft gehad. Dat moet het ongeluk op de rode piste zijn dat Ernst net kreeg doorgebeld. Oh, help, ik ben er helemaal van in de war."

„Zei Kelly dat ze met de helikopter ..."

Samantha knikte. „Ja, dus het moet wel heel ernstig zijn. Anders doen ze dat niet; het is een dure grap."

Marlies beet op haar lip. „Je moet Ernst bellen, misschien weet die wel meer."

Samantha zuchtte diep. „Ja, misschien weet Ernst wel waar die helikopter heen vliegt."

„Hoe dat zo?" vroeg Brandon. „Die heli gaat toch gewoon naar het dichtstbijzijnde ziekenhuis hier?"

Marlies schudde haar hoofd. „Zermatt heeft geen ziekenhuis. Dus wie weet waar ze haar heen slepen. Oh, misschien is ze al ..." Ze rilde heftig.

„Hoe weet die Kelly eigenlijk wat er is gebeurd?" vroeg Brandon ineens.

Samantha kuchte. „Ze belde Merel om te zeggen dat ze weer eens was gedumpt en ..."

„En toen nam iemand anders die telefoon aan?"

„Nee, volgens Kelly was dat Merel zelf. Ze vertelde dat ze met de helikopter naar het ziekenhuis ging en toen werd de verbinding verbroken."

Brandon knikte langzaam en wees op Samantha's mobiel. „Waarom bel je haar zelf dan niet even?"

Marlies voelde ineens een sprankje hoop en ook Samantha keek plotseling heel opgelucht.

„Dat is een goed idee van je, zeg. Dat ik daar zelf niet opgekomen ben." Samantha tikte haastig Merels nummer in en wachtte.

Even later schudde ze wat triest haar hoofd. „Haar mobiel staat uit. Ik krijg de voicemail."

„Spreek maar wat in," raadde Brandon aan. „Alle kans dat ze nu geen bereik heeft in die heli, maar als ze straks weer op de grond staan, lukt het misschien wel weer."

Samantha knikte. „Merel?" zei ze bibberig in het microfoontje, „Merel, met Sam. Wil je me bellen als je dit bericht hoort? Kelly zegt dat je een ongeluk hebt gehad en we zijn hartstikke ongerust. Bel alsjeblieft gauw. Laters!"

Marlies kreunde zachtjes en rilde opnieuw. Merel nam haar mobiel niet op. Dan was het vast toch ontzettend mis met haar!

Helemaal onverwacht sloeg Brandon zijn arm om Marlies heen. „Stil maar, meisje. Het komt wel goed met je zus," fluisterde hij in haar oor. Nog geen tel later voelde ze zijn warme lippen heel teder op haar ijskoude wang …

***

Jorg sjeesde met een fikse vaart langs de berghelling naar beneden en hij baalde gigantisch van zichzelf.

Het was nou wel heel stoer geweest om onder het oog van Sam als een soort veredelde Indiana Jones op dat snowboard te springen en weg te spurten, maar dadelijk kwam hij beneden, en dan was het nog maar de vraag of hij zonder kleerscheuren en enge breuken uit de strijd tevoorschijn zou komen.

Hij kon het beste nu alvast beginnen met een paar enorme slaloms om wat af te remmen. Maar al te heftig kon hij dat ook weer niet doen, want dan had je alle kans dat er van achteren iemand tegen hem aan zou klappen.

Verdraaid! Als hij dit overleefde, hing hij nooit meer de macho uit!

Een paar minuten later haalde Jorg opgelucht adem. Hij hoefde gelukkig niet rechtdoor op het vlaggetje af te zeilen om vervolgens dwars door de muur van het dalstation heen te knallen.

Er was een *escape* in zicht!

Hij kon naar links gaan en het beginnersweitje op sturen. Dat was lekker vlak. Alle kans dat het daar helemaal goed ging komen!

Uiteraard werd het beginnersweitje voornamelijk door *wannabe* skitalenten bevolkt. En die crosten allemaal wat paniekerig door elkaar heen, tenminste ... als ze niet al op de grond lagen.

Jorg flitste met een stevige vaart om een stuntelende bejaarde heen en hij wist ook het complete kleuterklasje behendig heel te houden.

Maar het schansje dat aan het eind van de baan voor de ware durfals was opgesteld, werd zijn Waterloo.

Er skiede namelijk een jankend meisje recht op hem af en toen Jorg een scherpe bocht maakte om het kind te ontwijken, kwam hij zijwaarts op die schans terecht.

Hij schoot scheef omhoog en kon niet meer voorkomen dat zijn snowboard tegen de rand knalde. Hij probeerde er nog wanhopig een *Ollie* uit te slepen, maar dat mocht niet meer baten en hij verloor zijn evenwicht. Even later eindigde hij met maaiende armen roemloos in een flinke berg stro, die een vooruitziende geest naast het schansje had neergegooid.

Zijn neus begon vrijwel meteen te kriebelen en luid proestend worstelde hij zich uit de berg omhoog.

Ook dat nog! Hij was hartstikke allergisch voor stro!

Om hem heen klonk een luid applaus van de beginners, die zijn afgang gierend van de lach stonden te bekijken.

Met een rood hoofd maakte Jorg zich niesend uit de voeten.

Nou ja, hij was nog heel.

En nu moest hij als de gesmeerde bliksem weer naar boven om Samantha bij die overseksete vent vandaan te halen!

Met zijn snowboard onder zijn arm haastte hij zich naar het dalstation van de *Sessellift*, worstelde zich door de keurig op hun beurt wachtende mensen naar voren en plofte al snel op een leeg stoeltje neer.

Oké, echt netjes was dat natuurlijk niet en er klonken dan ook aardig wat boze kreten achter hem, maar wat gaf het? Het stoeltje ging op weg naar boven en ze moesten wel van erg goeden huize komen om hem hier nog uit te krijgen!

Bovendien konden ze zo veel naar hem roepen als ze wilden, hij verstond er toch lekker niks van.

Hij grinnikte in zichzelf. Sam was niet alleen zélf een geweldige vrouw, haar zus Merel mocht er ook wezen. Die had hem een paar jaar geleden de fijne kneepjes van het 'strategisch vooraan in de rij gaan staan' bijgebracht. En hij moest toegeven: sindsdien hoefde hij nergens meer lang te wachten!

Een paar stoeltjes verder klonk er opeens een luid gejoel en de jongelui in het betreffende stoeltje zaten zo heftig naar beneden te wijzen, dat ze er bijna uitvielen.

Jorg volgde hun blikken en zag een man van de helling glijden. Hij droeg een pimpelpaars skipak en hij zag er uit als een parachutist in vrije val. Op zijn buik met zijn armen en benen zijwaarts gespreid. Hij had de ski's nog aan zijn voeten en hij zorgde voor een komisch plaatje.

Jorg schudde zijn hoofd. Dat snowboardgedoe hád natuurlijk wel iets, maar verder was dit hele wintersportgebeuren één grote valpartij. Eigenlijk snapte hij niet wat de mensen hier nou zo leuk aan vonden. Want het was natuurlijk allemaal erg grappig, maar het liep ook vaak genoeg helemaal verkeerd af. Hij had de traumaheli vandaag al aardig wat keren over horen komen.

Jorg keek weer omhoog en zijn ogen veranderden in spleetjes. Krijg nou een puntmuts!

Daar zat Sam!

En ze was op weg naar beneden. Zonder die bierworst.

„Sam!" riep Jorg. „Samantha! Ik ben hier!"

Maar Samantha hoorde hem niet. Die zat met haar mobiel tegen haar oor gedrukt de andere kant op te kijken.

Hè, verdraaid! Had hij weer de verkeerde beslissing genomen. Als hij beneden netjes in de rij was gaan staan, had hij haar zo op kunnen vangen.

Hij trok zijn mobiel tevoorschijn en tikte Samantha's nummer in, maar meer dan een toeterende ingesprektoon leverde dat niet op.

Nou ja, ze zat in elk geval niet naast dat druipende stuk Raclettekaas. Dat was alweer meegenomen.

„Org!" hoorde hij ineens van een afstandje brullen. „Erel … in … thuis!"

Jorg keek op.

Ah, dat was Marlies. Die zat behoorlijk veel hoger dan haar zus.

Hij trok een gezicht. Verlegen Marliesje deed niet aan strategisch in de rij staan …

„Org … thuis … isp!" brulde Marlies.

Tja, daar kon hij geen chocola van maken. Even bellen dan maar.

Hij zocht het nummer van Marlies op en drukte het belknopje in.

„Hé Jorg," klonk de wat hijgende stem van zijn schoonzus in zijn oor. „Ik wou jou net bellen. Wij gaan naar Visp. Naar het ziekenhuis."

„Het ziekenhuis?" bromde Jorg en hij voegde er hoopvol aan toe: „Is dat zacht gekookte ei van de berg gevallen?"

„Zacht gekookte ei?" klonk het aarzelend. „Oh, je bedoelt Ernst? Nee, daar zal het wel goed mee zijn. Het is Merel. Die, eh …"

„Merel?" schrok Jorg. „Wat is er dan?"

„Ze heeft een ongeluk gehad en ze is met de traumaheli naar het ziekenhuis in Visp."

„Ernstig?"

„Geen idee. We weten verder ook niks. Daarom gaan we er zo snel mogelijk heen. Kom anders ook naar het station."

Jorg knikte langzaam. „Ja, doe ik. Maar het kan natuurlijk wel even duren voor ik weer beneden ben. Ik moet mijn snowboard eerst nog wegbrengen."

„Dat neem je dan toch gewoon mee?" stelde Marlies voor.

„Weet je wel wat dat weegt?" bromde Jorg. „Ik heb er al een lamme arm van. Gaan jullie maar vooruit, ik kom er wel zo gauw mogelijk achteraan."

Oké, zóveel woog het snowboard nou ook weer niet. Maar als hij Sam pas weer bij het ziekbed van Merel zou terugzien, scheelde dat ongetwijfeld een hoop geruzie.

„Wij gaan vanaf Täsch met de auto van de band. Die mag Brandon van zijn manager lenen."

Op de achtergrond was het luide *'Raus! Raus!'*-geschreeuw van de kabelbaanmedewerker te horen en Marlies ging steeds harder praten om verstaanbaar te blijven.

Band? Manager?

Wat had Marlies nou weer voor macho opgeduikeld?

Nou ja, dat merkte hij straks vanzelf wel.

„Ik hoor dat jullie beneden zijn," riep Jorg. „In welke plaats is dat hospitaal ook alweer?"

„In Visp. Er is daar maar één ziekenhuis, dus dat kan niet missen.”

„En waar ligt Visp?”

„Vlakbij Brig. Aan deze kant nog. Een voorstadje, zeg maar.”

„Oké. Ik kom er aan. Groetjes aan Sam.”

Misschien zou dat zijn lieve vrouwtje wat gunstiger stemmen en kreeg hij dan niet meteen bij het weerzien een chirurgisch mes of een vaas bloemen in zijn nek …

Jorg drukte de verbinding weg, stopte zijn mobiel haastig in zijn zak en greep zijn snowboard stevig beet. Tijd om uit te stappen.

***

Merel had de tijd van haar leven in de helikopter.

Eerst scheerden ze rakelings over de boomkruinen en daarna schoten ze langs de Matterhorn en over besneeuwde bergpieken, kilometersdiepe ravijnen en verstilde, ijzige gletsjers, waar schapenwolkjes boven dreven.

Af en toe zag ze het donkere silhouet van de helikopter op de hagelwitte wereld onder haar.

Ze kwamen boven de Mattervisp, een klein riviertje dat als een blauwig lint door het door haar uitgesleten dal kronkelde en Merel kreeg een riant uitzicht op minihuisjes en een weg vol speelgoedautootjes.

Het was helemaal super!

Op de brancard begon Snor te bewegen en de leuke ziekenbroeder stootte haar aan.

„Hij vraagt naar je,” zei hij.

Nou, daar kon Merel zich niets bij voorstellen. Maar ja, Snorremuts was wél haar alibi om hier te mogen zitten.

„Wat fijn dat hij zich weer beter voelt,” zei ze diplomatiek en verder werd er gelukkig niks van haar verwacht, want ze moest immers keurig in haar gordel blijven zitten.

De ziekenbroeder gaf haar een bemoedigend knikje en Merel lachte stralend terug. Hij was érg leuk, die ziekenbroeder.

Hoe zou hij heten?

Oh, kijk eens aan. Er stond 'Axel' op zijn naamplaatje. Wist ze dat ook weer.

De helikopter ging lager vliegen en vloog naar een hoog gebouw toe.

Even later zakten ze langzaam draaiend naar beneden en Merel zuchtte diep. Jammer, ze waren er al.

Zou ze vragen of ze ook weer mee terug mocht? Maar ja, ze werd waarschijnlijk geacht om jankend achter Snor aan te rennen. Best jammer. Nou ja, ze zou het in elk geval proberen. Dat kon geen kwaad.

Ze voelde de heli met wat lichte schokjes op de grond komen en terwijl de wieken stopten met draaien, schoven de ziekenbroeders haastig de deur open.

Het lawaai van de wieken en de motor stierf weg.

„Het is veilig om uit te stappen," kondigde Ingmar aan. Hij gebaarde naar Merel en praatte door: „Ga maar gauw met je vriend mee."

Merel baalde als een stekker, maar dat liet ze niet merken. Ze schonk Ingmar één van haar allerliefste glimlachjes. „Heel erg bedankt. Je vliegt super."

Dat was misschien een mooie opstap naar de terugreis.

„Kom op nou," riep Axel van buiten.

Merel lachte nog een keer naar de piloot, zette haar koptelefoon af en schoof haastig de heli uit.

Snor lag wat wazig te kijken, maar toen hij haar in beeld kreeg, produceerde hij een scheef grijnsje. *„Mein Liebchen, mein Täubchen …"* mummelde hij.

Zijn ogen kregen een vreemde glans en zijn stem stierf weg.

„Hij is weer bewusteloos," zei verpleger Axel met een bezorgd gezicht.

Merel durfde niet naar hem te lachen en trok een triest gezicht. „Wat vreselijk érg allemaal," zei ze en ze hoorde zelf heel duidelijk dat het niet bepaald overtuigend klonk.

Oké, het was natuurlijk afschuwelijk voor Snor en ze vond het ook best zielig, maar verder kon ze er niet mee zitten. Ze snoof wat minachtend. Eigen schuld, dikke bult!

Ziekenbroeder Axel dacht blijkbaar dat ze door emoties overmand werd en hij legde even troostend zijn hand op haar arm.

Merel kon nog net het zinnetje 'Zullen we zo samen ergens wat gaan drinken?' binnenhouden.

Intussen tilden de ziekenbroeders Snor met vereende krachten op een andere, goedgeveerde brancard, waar op de zijkant een klein bordje met 'Spital St. Maria Visp' was geschroefd en ze reden er haastig mee weg, in de richting van een soort stenen huisje met een glazen pui. Beetje vreemde ingang voor een ziekenhuis. Erg klein ook.

Ingang? Dat wás de bezoekersingang helemaal niet.

Merel keek beteuterd om zich heen. Ze stond boven op het dak van het ziekenhuis!

In Visp nog wel.

Lag dat niet ergens bij Brig in de buurt?

Oeps, dat was een aardig eindje lopen! Ze moest toch maar vragen of ze met de helikopter …

Achter haar klonk onverwacht een luide kreet: „Notruf! Notruf!"

De propeller van de heli begon te draaien en ziekenbroeder Axel gaf Merel een duwtje in de richting van de ziekenhuisingang.

„Ga gauw achter je vriend aan! Sterkte!"

Voor Merel iets kon terugzeggen, grepen de twee ziekenbroeders de nu lege helikopterbrancard, renden gebogen naar de heli en sprongen naar binnen. Twee tellen later schoof de deur dicht en terwijl de heli langzaam omhoog ging, zag Merel van achter de raampjes allerlei handen vrolijk naar haar zwaaien.

Shit zeg! Dat moest haar weer overkomen!

Hoe kwam ze nou ooit in Zermatt terug?

„Loopt u even mee, mevrouw?" klonk een zachte stem achter haar. „We hebben de verzekeringsgegevens van uw vriend nodig. En weet u misschien of hij allergisch is voor jodium?"

***

„Merels mobiel staat nog steeds uit," bromde Samantha vanaf de achterbank van het busje. Ze klonk ontzettend bezorgd.

Marlies zat voorin naast Brandon en ze slikte moeizaam. Haar mond voelde droog, haar vingers tintelden en haar maag was compleet verkrampt.

Het was natuurlijk helemaal toppie om naast Brandon te zitten, maar ze maakte zich zo ongerust!

Merels mobiel stond uit. Of was hij kapot?

En Merel?

Misschien was er van Merel ook wel niets meer over.

„Rustig nou maar, meiden," zei Brandon bemoedigend. „We zijn er bijna."

Diep in haar zak begon er iets te trillen. Marlies schoot rechtop en nog voor de vrolijke toontjes van haar mobiel door de wagen konden schallen, drukte Marlies het toestel al tegen haar oor.

„Merel?" riep ze. „Ben jij dat eindelijk?"

„Marlies!" gilde de stem van haar moeder in haar oor. „Oh, Marlies. Jou heb ik tenminste nog. Die arme Merel! Oh, die arme Merel!"

Samantha stootte haar aan. „Is dat Merel? Gaat het goed?"

Marlies draaide zich half om. „Het is mam. Ze is in alle staten."

„Hè, die vervelende Kelly," reageerde Samantha. „Die bemoeit zich ook overal maar mee." Ze trok zonder vragen het mobieltje uit Marlies' vingers. „Geef maar even, ik praat wel met haar."

Marlies ging weer recht zitten.

„Nee mam. Het is allemaal prima hier," hoorde ze Samantha achter zich jokken. „Merel is gewoon een beetje gevallen. Niks bijzonders, hoor. Ja, je kent Kelly toch? Die maakt van een gekneusd slagroomsoesje nog een werelddrama. Ja, is goed hoor, ik zal het zeggen. Dag mam."

Hoofdschuddend pakte Marlies haar mobieltje weer aan. „Waarom zit je mam zo voor te jokken?"

„Ja, wat moet ik dán?" verdedigde Samantha zich met een diepe zucht. „We weten immers nog niks? En als mam over de rooie gaat, zitten we helemáál in de penarie."

„We zijn er al," kondigde Brandon aan en hij stuurde het busje geroutineerd een smalle parkeerplaats in.

Marlies keek naar de gevel van het witte gebouw voor zich. 'Spital St. Maria'.

Haar keel kneep dicht. Lag haar arme zusje daar op sterven?

Ze begon heftig te snuffen.

Brandon zette de motor uit. „Kom op, joh. Je zus heeft je nodig. Huilen kun je altijd later nog."

Marlies veegde haar tranen weg en schoof het busje uit.

Met z'n drieën liepen ze haastig over het keurig sneeuwvrij gemaakte parkeerterrein naar de ingang van het ziekenhuis.

Daar draafden ze meteen door naar de receptie, waar Samantha in haar beste Duits het woord deed.

„De traumaheli uit Zermatt," begreep de receptioniste. „Die is net vijf minuten geleden binnengekomen met een ..." Ze zette een leesbril op haar neus en staarde ingespannen naar haar computerscherm. „Een vrouw van in de zestig met een dubbele beenbreuk."

Samantha schudde haar hoofd. „Nee, het is al veel eerder gebeurd. Ze moet zeker een uur geleden al gebracht zijn."

„Een uur geleden," herhaalde de vrouw.

Over de rand van haar bril heen, wierp ze een turende blik op de grote klok in de hal. Daarna richtte ze haar ogen weer op het computerscherm en begon vlijtig te typen.

„Een uur geleden, zei u?" mompelde ze.

„Ja," knikte Samantha en ze wees op Marlies. „Merel is haar tweelingzus. Ze lijken als twee druppels water op elkaar."

Marlies kreeg subiet de kriebels van die opmerking. Als Merel heel erg gewond was, leken ze misschien wel nooit meer op elkaar!

„Er is op dat tijdstip alleen een man binnengebracht. Zware hersenschudding." De receptioniste keek Samantha vragend aan.

Die schudde haar hoofd en wees opnieuw op Marlies. „Nee, het gaat om een vrouw. Net als zij. En we weten niet hoe erg het is."

De receptioniste trok een wenkbrauw op en begon turend de computergegevens nog eens door te spitten. „Ik heb hier alleen vanmorgen om acht uur nog een traumageval uit Zermatt staan. Een meisje van tien met een kapotte schouder."

„Om acht uur zaten wij nog aan het ontbijt," mompelde Marlies hees. Die gedachte gaf haar even troost, al was het maar voor een paar tellen. Om acht uur was Merel nog kerngezond geweest …

„Misschien moet je Ernst weer even bellen," stelde Brandon voor. „Best kans dat ze haar naar een heel ander ziekenhuis hebben gebracht."

Marlies begon heftig te rillen. Stel je voor dat Merel al niet meer te redden was geweest? En dat ze haar daarom ergens anders heen hadden gebracht?

Oh, wat een afschuwelijke gedachte! Dat wílde ze helemaal niet denken!

8

Merel had zich natuurlijk alweer razendsnel aangepast aan de nieuwe omstandigheden. Ze vertelde de verpleegkundige met een verontschuldigend glimlachje dat het hier toch heus om een klein misverstand ging. Zij, Merel, was immers de nieuwe vriendin van ziekenbroeder Axel en ze had met de ongelukkige patiënt niks te maken.

En wist de zuster misschien waar de leuke winkeltjes in Visp te vinden waren?

Daar was de verpleegster gelukkig haarfijn van op de hoogte en ze kon Merel ook nog uitleggen hoe ze via de meest trendy shops uiteindelijk bij het station terecht kon komen.

„Er gaat ieder uur wel een trein naar Zermatt, hoor, dus haast je maar niet.”

Dat vond Merel een goede raad. Met de aanwijzingen van de zuster in haar hoofd liep ze de hoofdingang van het ziekenhuis uit en sloeg rechtsaf, de straat naar het dorp in.

Al snel bleek dat de zuster niet had overdreven en Merel bleef *in no time* verlekkerd voor een uitnodigende etalage vol trendy schoenen staan.

Ha, schoenen! Zij ging zich eens lekker uitleven!

Dus zat Merel binnen de kortste keren op de grond tussen een enorme berg stilettohakken te genieten, terwijl de verkoopster elke minuut nóg rodere wangen kreeg.

Ze koos uiteindelijk een stel hakken van Matterhorn-niveau, waarmee ze op elke après-ski de ster van de avond zou zijn en dat was ook precies de bedoeling als ze indruk wilde maken op Brandon.

Jammer trouwens dat het veel te koud was om ze aan te houden. Ze gaven haar echt zo'n super overwinningsgevoel!

Nu nog een mooi bloot jurkje erbij en misschien moest ze ook eens wat nieuwe skikleding aanschaffen. Waar ze nu in rondliep, was in de middeleeuwen vast erg modern geweest, maar nu kon het echt niet meer.

Hmm ... Ze had pas geleden in een *glossy* een heel mooi pakje gezien met bontrandjes. Nepbont natuurlijk, ze ging haar vingers niet branden aan een beestenvelletje.

Maar het zag er gigantisch te gek gaaf uit. Als Brandon haar zo zou zien, zou hij subiet eisen dat ze het op stel en sprong weer uittrok. Dat deed haar trouwens denken ...

Een nieuw setje lingerie was ook geen overbodig luxe. Ze wilde iets bloots van satijn met veel kant en ruches.

Ze rekende haar schoentjes met haar creditcard af, vroeg de weg naar een trendy modewinkel en ging welgemoed op pad om de volgende aankoop te gaan scoren.

Ook dat lukte wonderwel en een paar uurtjes later zat Merel, omringd door een hele berg kleurige tasjes, op het station van Visp bij te komen van haar uitspattingen. Haar voeten deden ongelooflijk zeer en ze vond het ineens reuze jammer dat ze alleen was. De trein ging pas over een half-uurtje en ze had helemaal niemand om eens lekker over al die koopjes te gaan zwijmelen!

Tja, als zij Brandon met haar outfit wilde verpletteren, moest ze het voor Marlies nog maar even geheimhouden. En dan kon ze Sam ook niet bellen, want die kletste alles natuurlijk meteen door.

Er kwam met veel geraas een trein binnen denderen, maar Merel was zo diep in gedachten dat ze het niet eens merkte.

Weet je wat? Ze ging Kelly wel even bellen.

Hoewel ... Alle kans dat Kelly het hele verhaal meteen aan Marlies zou doorbrieven! Als er nog eens een prijs werd uit-gevonden voor de beste roddeltante van de eeuw dan ging Kelly die geheid winnen.

Hè, verdraaid! Ze had zo'n zin om even lekker met iemand bij te kletsen! Maar wie kon ze daar nou voor bellen?

Ze had namelijk ook dringend een goed adviesje nodig over

hoe ze Brandon terug kon vinden. Want dat was toch wel een beetje het probleem. Moest ze door Zermatt gaan lopen, alle skigebieden afstruinen en duimen dat ze hem weer tegenkwam?

Of zou ze vanavond nog eens naar die 'Londoner Bierstube' gaan? Misschien was er wel gewoon wat tussen gekomen en liep hij daar vanavond wél rond?

Ze kreeg enorme zin om op haar nagels te bijten, maar ze wist zich nog bijtijds in te houden. Kunstnagels waren absoluut niet lekker, daar was ze intussen wel achter!

„Merel?" klonk er ineens een stomverbaasde mannenstem boven haar hoofd. „Wat doe jíj nou hier?"

Merel keek op en ze kreeg subiet het gevoel dat ze achterlijk werd.

Krijg nou een botoxprik! Ze zag Jorg staan! Maar dat kón natuurlijk helemaal niet. Jorg zat immers op het strand van Isla Margarita te bakken. Sam had hem gisteravond nog aan de telefoon gehad.

„Jij ligt toch in het ziekenhuis?" vroeg de man. Zijn stem leek ook nog precies op die van Jorg.

Nou ja, zeg. Had ze te weinig gegeten of zo? Kreeg ze last van waanideeën? Nee, dan had ze wel een gigantische moorkop voor haar neus zien staan. Daar leek deze vent niet op.

„Wat zit je raar te kijken, Merel? Je zussen zijn hartstikke ongerust."

Ongerust? Waar gíng dit over?

„Wat klets je nou eigenlijk, man? Moet ik je kennen of zo?"

„Ik ben Jorg," bromde Jorg. „Je zwager, weet je wel?"

Hij schoof haar tassen opzij en ging naast Merel op het bankje zitten. „Jij lijdt aan zwaar geheugenverlies, *Miss Dikbil*. Erg raar van dat ziekenhuis dat ze je zomaar hebben losgelaten."

Merel kneep haar lippen op elkaar.

Miss Dikbil.

Hoe durfde hij? Ze snapte wel niet waar hij ineens vandaan kwam, maar dit was Jorg dus echt. Geen twijfel mogelijk.

Ze haalde uit en schopte hem geroutineerd tegen zijn scheenbeen.

„Au!" riep Jorg en hij greep naar het getroffen lichaamsdeel. „Hoe haal je het in …"

Merel keek hem met een lief glimlachje aan. „Er is helemaal níks mis met mijn geheugen, zwagertje van me. Ik herinner me namelijk nog heel goed dat ik je een schop had beloofd als je weer Dik …" Ze slikte. „Als je dat wóórd weer zou gebruiken."

Ze keek hem uitdagend aan, klaar om zijn tegenaanval te pareren. Maar die kwam niet. Jorg was veel te druk met over zijn schenen wrijven.

„Wat zat je nou te bazelen over een ziekenhuis?" vroeg Merel.

Jorg schraapte zijn keel en draaide zijn gezicht naar haar toe. Er lag een zure blik in zijn ogen.

„Kelly heeft Samantha gebeld. En je moeder trouwens ook. Je had een heftig ongeluk gehad en je was met de traumaheli onderweg naar het ziekenhuis in Visp."

Merel staarde Jorg met open mond aan. „Wát? Wat is dát nou voor gigantische kul?"

„Ik maak geen grapje, hoor. Iedereen is in alle staten. Vooral je moeder."

„Vanwege een duf praatje van Kelly?" Merel schudde haar hoofd over zoveel onbenul. „Wat een sukkels. Waarom heeft Sam mij niet even gebeld?"

Jorg haalde zijn schouders op. „Heeft ze gedaan, maar je mobiel staat uit."

„Mijn mobiel staat uit? Dat is het meest idiote dat ik ooit gehoord heb! Mijn gsm staat dag en nacht aan!"

„Ja, vandaar dat ze allemaal zo mega ongerust werden," was het droge antwoord.

„Klets toch niet zo dom." Merel trok haar mobiel tevoorschijn en hield die onder Jorgs neus. „Kijk maar, hij staat heus aan."

Jorg knikte zuur. „Heb je pindakaas in je ogen?" vroeg hij op hetzelfde wat-ben-je-toch-een-duf-joggingpak-toontje als Merel. „Hij staat echt uit."

Merel tuurde verbijsterd naar het lege display en toen begon haar iets te dagen. „Oh shit, die heb ik in de heli uit gezet."

Jorg gaf geen antwoord. Die had intussen een nummer op zijn eigen mobiel ingetikt.

„Marlies?" riep hij in het toestel. „Goed nieuws! Merel is terecht! Ja hoor, helemaal heel. Kelly heeft weer eens uit haar nek zitten kletsen."

Hij was even stil en luisterde. „Ja, ik kom net aan met die vertraagde trein en ze zit hier gewoon op het perron. Met een berg tasjes. Wacht, ik geef haar wel even."

Hij duwde de mobiel tegen Merels oor.

„Merel, ben jij dat écht?" hoorde Merel een verkouden stem snotteren. „Is het allemaal goed met je?"

Had Marlies gehuild? Lieve help, die hadden er echt een melodrama van gemaakt!

„Tuurlijk," antwoordde Merel losjes. „Tuurlijk ben ik oké. Ik ski heus niet in zeven ravijnen tegelijk, hoor."

„Ik ben zo blij dat ik je stem hoor. We waren zo ongerust."

„Maar Marlies, ik heb heus alleen maar tegen Kelly gezegd dat ik met de heli zou meevliegen. Kan ik het helpen dat zij er gelijk de achtste wereldoorlog bij verzint?"

Ze hoorde Marlies diep zuchten. „Je hebt gelijk. We komen naar het station. Kun je met ons meerijden."

„Meerijden? Ik heb net een kaartje gekocht, hoor." Het was maar een uurtje naar Zermatt en als ze met de trein ging, kon ze haar nieuwe aankoopjes nog even voor haar zussen geheimhouden.

„Dat kaartje kun je vast wel ergens inwisselen," reageerde Marlies. „Wij komen met ons drieën naar je toe. Zie je zo."

Merel zag het zwerk alweer dreigen.

„Drieën?" begon ze. „Hebben jullie Karl soms ..."

Maar Marlies had al opgehangen.

Hè shit, straks zat ze weer met Karl opgescheept. Dan ging ze echt liever met de trein!

Hoewel ... Karl wist best dat er met haar helemaal niks mis was. Dus die kon het gelukkig niet zijn.

Ernst dan?

Ze keek scheefjes naar Jorg. Als Ernst met Sam meekwam, dan had die tijdschriftenkiosk daar in de hoek vandaag geen beste dag. Alle kans dat Sam en Jorg bij gebrek aan servies-goed met boeken zouden gaan smijten!

„Waarom belde jij eigenlijk met Marlies en niet met Samantha?" vroeg ze langzaam.

Jorg kuchte en haalde zijn schouders op. „Tja, eh ... Sammetje en ik, eh ... We zijn misschien niet helemaal *on speaking terms* op het ogenblik. Ze is helemaal hoteldebotel van die halve gare skileraar. Die Ernst."

Merel trok een gezicht. „En dat vind jij gek? Je schijnt je echt als een verwende kleuter te hebben gedragen."

Jorgs mond verstrakte. „Dat valt wel mee, hoor."

Merel schudde haar hoofd. „Dat valt helemáál niet mee! Jouw vrouw boekt een verrassingsvakantie en dan roep jij gewoon dat je niet meegaat. Ja, dan vraag je er toch om dat er andere mannen achter haar aan gaan. Sam is een mooie meid, hoor."

„Ik heb hartstikke mijn best gedaan om het weer goed te maken! En ze heeft me niet eens voor die bloemen bedankt!"

Merel kneep haar ogen tot spleetjes. „Bloemen? Waar heb je het over?"

„Nou, ik heb haar gister heel romantisch een bos rozen gestuurd. Kostte me ook nog eens 55 euro. Maar denk je dat ze me bedankt heeft?" Hij staarde naar de rand van het perron en gaf zelf het antwoord. „Er kon nog geen belletje af en dan gaat ze vervolgens de hele avond om de nek van dat irritante biervat hangen."

„Jij hebt bloemen …" begon Merel en toen ging haar een lichtje op.

„Dus jíj bent die geheimzinnige Jock!" proestte ze. „We dachten ook al: Sam en een smachtende geheime minnaar."

Jorg keek haar aan alsof ze ter plekke in een kwakende brulkikker was veranderd.

„Jock?" bromde hij met een vertwijfeld gezicht. „Wie is Jock?"

Merel gierde het uit. „Dat vroegen wij ons dus ook af. Maar dat was jij!" Ze nam snuivend een hap lucht en ging schaterend door: „Als je voor *Mister Romance* wilt spelen, moet je de volgende keer echt wat duidelijker schrijven, hoor."

Jorg wist niet meer hoe hij het had. „Duidelijker schrijven? Maar ik héb helemaal niks …"

Achter hen reed er een trein het station binnen en Merel sprong op. „Daar is de trein naar Zermatt. Jij hebt een kaartje?"

Jorg knikte. „Yep, maar de anderen zouden ons toch komen oppikken?"

„Dat overleven ze wel. Kom op, kunnen we even uitgebreid bespreken hoe we Sam van Ernst gaan losweken."

Ze graaide haar tasjes bij elkaar en draafde op een holletje naar de trein.

Jorg stond haar een paar tellen besluiteloos na te kijken en zette toen een soepel spurtje in.

***

Samantha zat op de achterbank van het busje te piekeren. Na

168

het telefoontje van Merel, dat ze haar niet van het station hoefden te halen, hadden ze eerst uitgebreid een hapje gegeten en daarna waren ze weer richting Zermatt vertrokken.

Brandon en Marlies hadden het voorin duidelijk reuze gezellig, maar zij voelde zich behoorlijk depri.

Natuurlijk was ze dolblij dat Merel weer helemaal gezond boven water was, maar het hele gedoe met Jorg zat haar niet lekker.

Jorg had haar wat voorgelogen. Hij had nét gedaan of hij kilometers ver weg aan het strand lag en vervolgens vloog hij haar door een op hol geslagen snowboard bijna letterlijk om de oren.

Waarom was hij haar zonder wat te zeggen achterna gereisd? Tja, om haar te bespioneren, dat was wel duidelijk. Welke man deed dat nou? Als je elkaar niet kon vertrouwen, bleef er van je huwelijk niks over.

Ze schudde haar hoofd. Jorg wist van Ernst. Hij had haar gisteravond innig met Ernst zien dansen en vanmorgen had ze bijna op zijn schoot gezeten. Geen wonder dat Jorg door het lint was gegaan …

En als klap op de vuurpijl had Ernst haar ook nog ten huwelijk gevraagd. Maar ja, dan moest ze natuurlijk wel eerst van Jorg gaan scheiden.

Wilde ze dat?

Ze hield van Jorg. Van zijn vrolijke ogen, van zijn grappen, van zijn temperament … Als hij niet zo kinderachtig jaloers zou zijn, was hij echt *Prince Charming himself*.

Maar ja, Jorg wás stinkjaloers en het leek wel of dat steeds erger werd. Kon je met zo'n achterdochtig type nog wel normaal leven?

En hoe zat het met haar gevoelens voor Ernst?

Oké, hij was leuk, maar … Hoe goed kende ze hem eigenlijk?

Bovendien zou haar leven er totaal anders uit gaan zien als

ze met Ernst verder ging. Alleen al het woonprobleem zou een heel gezeur worden. Ernst sprak geen woord Nederlands en in Holland was er niet bepaald veel vraag naar skileraren.

Dus zou het er wel op neerkomen dat zij naar Zwitserland moest verhuizen. Ver weg van al haar familie in een ander land, met een vreemde taal. Dan kon ze haar baan ook op haar buik schrijven. Hier zat er geen enkele uitgever op haar te wachten.

Ze voelde haar mobieltje trillen en viste haar telefoon uit haar zak. Het was een sms'je van Ernst, ze herkende het nummer meteen.

Samantha klikte het berichtje aan en haar ogen veranderden in zorgelijke spleetjes. *„Zin in Glühwein met appelmoes? Kom vanavond om negen uur naar het grote ijsfeest. Kusje van Ernst."*

Samantha slikte moeizaam. Ernst wilde een beslissing forceren. Maar was zij daar al aan toe?

Ze tikte Marlies op haar schouder. „Weten jullie iets van een ijsfeest vanavond?"

Marlies schudde haar hoofd, maar Brandon knikte opgewekt.

„Ja klopt. Wij spelen daar ook een uurtje. En er is een gigantisch vuurwerk. Als jullie zin hebben om ook te komen … Ik zorg voor vrijkaartjes."

Samantha aarzelde.

Maar op dat moment schudde Marlies resoluut haar hoofd. „Nee hoor, wij zouden vanavond gaan zwemmen. Hè Sam?"

Samantha vergat op slag haar eigen zorgen. Zwemmen? Welnee, er was nog niks afgesproken.

Waar was Marlies mee bezig? Zo'n leuke vent en dan wou ze niet? Terwijl ze hem duidelijk heel erg zag zitten?

Onzin!

Bovendien, als ze met z'n allen naar zo'n groot feest gingen, hoefde Ernst niet meteen te denken dat ze speciaal voor hem kwam. Dat haalde de spanning uit het afspraakje.

„Tuurlijk komen wij ook," zei Samantha. „Als je voor ons alle drie een kaartje kunt regelen. Graag."

„Alle vier," reageerde Marlies meteen. „Jorg gaat ook mee."

Samantha voelde haar keel samenknijpen. Ze wilde Jorg niet zien!

Oké, ze wilde Jorg juist erg graag zien, maar ... Dan zat ze weer met Ernst. Hè, zij ook altijd met haar impulsieve gedoe! Waarom had ze nou niet gewoon met Marlies meegepraat? Wat een gezeur nou weer. Ze had er ook echt een neus voor om zich constant in de nesten te werken!

„On second thoughts ..." begon Samantha, maar haar woorden gingen verloren in het geluid van de motor én de stemmen van Marlies en Brandon, die alweer druk in gesprek waren.

Nou, dan kon ze Ernst beter even sms'sen dat ze er vanavond met z'n allen zouden zijn. Dan hoefde hij er niks van te denken.

Ze tikte het antwoord in op haar mobiel, maar toen ze het berichtje weg wilde sturen, kreeg ze een foutmelding.

Oh, dat kwam natuurlijk omdat ze net een tunnel in reden. Of had ze weer eens op het verkeerde knopje gedrukt?

Straks nog maar een keertje proberen dan.

***

„Zo," zei Merel op een voldaan toontje. „Dat was een mega-idee van jou, Jorg. Om ons probleempje met *sms-city* te regelen. Nu nog even een spannend berichtje voor Ernst verzinnen."

Ze leunde achterover op het rode plastic stoeltje en keek tevreden naar het knipperende computerscherm dat voor haar op de bruine tafel stond. Onder op het randje van de monitor waren nog net de woorden 'Internet Corner Zermatt' te lezen.

„Dan moet je wel een nieuw account aanmaken, hè?" zei Jorg. „Met Sams nummer."

„Ja, snap ik," bromde Merel. Ze opende een nieuw scherm en begon vlijtig te typen. „Waar wil je Ernst hebben?"

„Stuur die bierworst maar naar 'Pension Alpenblick'," stelde Jorg grijnzend voor. „Dan is dat ellendige stuk Käsetorte wel even zoet."

Merel knikte. „Ga jij straks nog naar 'Alpenblick'?"

„Ja, even douchen en wat anders aantrekken. Hoezo?"

„Krijg je van mij een briefje mee." Merel grinnikte. „Zogenaamd van Sam, dat ze wat later komt. Als je dat bij de receptie afgeeft, dan hebben we een héle poos geen last van Ernst."

Jorg gaf Merel een speels stompje tegen haar bovenarm. „Je bent al net zo'n doortrapt type als ik," lachte hij.

„Hoe kom je erbij? Die vent wil een getrouwde vrouw versieren. Jouw vrouw! Dat hoeven we toch niet te pikken?"

Jorg zuchtte. „Als Sam het nou maar begrijpt. Straks wil ze me nooit meer zien."

„Kom nou. Die is hartstikke dol op jou. Maak je nou maar niet druk." Merel keek nadenkend naar het computerscherm. „Hoe zat het ook alweer met het Duitse woordje 'an'? Heeft dat nou de derde of de vierde naamval? Weet jij dat uit je hoofd?"

Jorgs gezicht werd een en al vraagteken. „Geen flauw idee. Maar wat maakt het uit? Als jij het niet weet, is het niet raar als Sam er ook niks van bakt."

„Goed punt," bromde Merel. „Maak ik er wel vierde naamval van."

Ze ging grinnikend door met typen en drukte uiteindelijk met een brede grijns op de 'enter'-toets.

„Zo, die is weg," mompelde ze tevreden. „*Lebewohl*, Ernst."

Ze keek naar Jorgs blije gezicht en er ging even een steekje van jaloezie door haar heen. Jorgs problemen waren een heel eind de wereld uit, maar die van haar niet.

Hoe kwam ze er nou ooit achter waar ze Brandon kon vinden?

Zo jammer dat ze zijn achternaam niet wist. Anders had ze het op Google kunnen proberen. Maar met alleen 'Brandon' en 'Londen' kwam ze natuurlijk op geen enkele zoekmachine uit de voeten.

Zucht …

Nou ja, ze ging vanavond eerst wel naar die 'Bierstube'. Of zou Brandon ook naar het ijsfeest gaan? Als ze die aanplakbiljetten mocht geloven, was het een mega-*event* dat niemand mocht missen.

Alle kans dus dat Brandon …

„Wil je nog een Duits briefje typen?" onderbrak Jorgs stem haar gedachten. „Doe ik daar een kaartje voor dat ijsfeest bij. Weten we tenminste zeker dat Sam alleen gaat."

„Oké, wat wil je daar precies in hebben?"

„Momentje," zei Jorg. „Mijn mobieltje gaat."

Zijn mond vertrok nerveus. „Het is Marlies. Ik hoop dat ze kan vertellen of Sam dat sms'je heeft gekregen."

Hij drukte het knopje in. „Hé, Marlies. Ja? Wat zeg je? Een ijsfeest? Je hebt kaartjes?"

Jorg zag er op slag nog zenuwachtiger uit, maar hij hield zich goed. „Ja, natuurlijk willen wij ook mee naar het ijsfeest," zei hij in de telefoon. „Hartstikke gaaf! Ja, Merel is nog bij mij. Die komt ook. Zeker weten. Zie je vanavond."

Hij drukte de verbinding weg en keek Merel bezorgd aan. „Nou hebben ze ineens allemáál vrijkaarten voor dat feest. Straks vraagt Sam die Ernst ook mee uit, dan loopt ons hele plan in het honderd."

„Welnee, ze moet dat sms'je intussen al gekregen hebben. Toch?"

„Daar had Marlies het niet over," bromde Jorg. „En ik kon het moeilijk vragen. Officieel weet ik niks van een sms."

Hij slaakte een diepe zucht en keek Merel weifelend aan. „Ik had er daarnet nog zo'n goed gevoel over, maar nou … Dat wordt helemaal niks zo."

Merel legde haar hand resoluut over zijn mond. „Niet zo doemdenken, ouwe nurk! Dan roep je het noodlot alleen maar over je af. Ernst zit de hele avond in 'Alpenblick' op Sam te wachten, dus er kan niks misgaan!"

Hoewel …

„Zeg Jorg, hoe komen ze eigenlijk ineens aan al die vrij-kaarten? Toch niet van Ernst?"

Jorg schudde zijn hoofd. „Nee, gelukkig niet. Die nieuwe vlam van Marlies heeft dat blijkbaar geregeld."

„Wát?" Merel verslikte zich luid proestend in haar choco-mel. Had Marlies een nieuwe *lover* aan de haak geslagen? Maar wanneer dan? Gisteravond had ze de hele avond voor muurbloem gespeeld.

„Heeft Marlies een nieuwe vent?"

„Yep," knikte Jorg. „Het is al dik aan ook. Vanochtend had die kerel Marlies' jas aan. Best kans dat ze net wat spannends beleefd hadden."

„Je hebt ze vanochtend samen gezien?" schrok Merel. „Maar wanneer dan?"

„Toen ik met dat snowboard … eh … Nou ja, dat doet er ook niet toe. Leuke vent wel, sportief type, bruin haar. Past wel bij Marlies."

„Oh …" zei Merel aarzelend. „Zegt me helemaal niks. Weet je toevallig hoe hij heet?" Want het kon immers maar zo dat Marlies ergens een belegen ouwe liefde had opgedo-ken.

„Geen idee," antwoordde Jorg. „Je ziet 'm vanavond van-zelf wel. Hij zal ook wel komen."

Merel knikte. „Oké, we moeten maar gewoon bij ons plan

blijven. Ik print nog even dat briefje uit en dan ga ik gauw naar het hotel. Dan kan ik een beetje op Sam letten. Mocht er iets uit de hand gaan lopen, bel ik je gelijk."

***

Het was half negen en Samantha zat mooi aangekleed op het bed in de hotelkamer met een kussen in haar rug naar een kaartje te staren. '*Toegang ijsfeest 1 persoon*' stond er in het Duits. Van daar gleed haar blik naar het getypte Duitse briefje, dat ze bij het kaartje in de enveloppe had gevonden.

„Lieve Samantha, hier is alvast je kaartje voor het feest. Ik help bij de opbouw van het podium en daarom kan ik je jammer genoeg niet ophalen. Ik verlang naar je. Zie je om negen uur bij de worstkraam. Kusje, Ernst."

„Wat is er, Sam?" vroeg Marlies.

„Ik vind het lief dat Ernst al een kaartje heeft laten bezorgen, maar nu heb ik er twee."

„Weet je wel zeker dat je zo nodig met Ernst naar dat feest moet? Je bent wél met Jorg getrouwd."

Samantha beet op haar lip. Marlies had vandaag al verschillende keren flink laten merken dat het hele gedoe met Ernst wat haar betrof uit de hand begon te lopen.

'*Een getrouwde vrouw ten huwelijk vragen! Die durft!*'

Samantha besloot de opmerking maar gewoon te negeren.

„Ach, we gaan immers met z'n allen? Dat zei Merel toch ook al? Dan zie ik daar wel verder."

En dan hoopte ze maar dat ze Jorg en Ernst niet allebei tegelijk tegen het lijf zou lopen …

Of kon ze maar beter hier blijven?

Wél zo veilig natuurlijk. Maar ook saai. Oersaai.

Marlies kuchte op een veelbetekenende manier, maar gaf verder geen commentaar meer. Tja, ze was natuurlijk al duidelijk genoeg geweest.

„Ik heb ook geen idee wat ik aan moet trekken." Samantha veranderde snel van onderwerp. „Het schaatsen is buiten, maar de band is binnen. Of zou het daar ook koud zijn?"

„Ik zou me maar een beetje warm aankleden," was de raad van Marlies. „Ik doe zelf een mooie broek met een truitje aan en ik neem mijn warme skikleren gewoon mee. Kan ik, als het nodig is, wat aantrekken."

Uit de douche klonken de vrolijke jodelgeluiden van Merel boven het geklater van het water uit.

Marlies lette niet op de galmende uithalen van haar zusje. „Je moet zeker geen rok aan doen. Dan kun je niet schaatsen."

„Misschien ga ik binnenkort toch eens op zoek naar een mooi warm jasje en een bijpassende broek," mompelde Samantha. Er lag een zorgelijk trekje om haar mond. „Zo'n heel pak is eigenlijk best erg onhandig."

Voor Marlies iets terug kon zeggen, werd er zachtjes op de deur geklopt.

Samantha schoof van het bed af. „Ik ga wel even."

Ze liep naar de deur en keek stomverbaasd naar de man die op de gang stond. „Ernst? Jij moest toch bij het podium helpen?"

Ernst keek al net zo verbaasd terug. „Het podium? Wat bedoel je?"

Samantha liet hem het getypte briefje zien.

„Hè?" zei Ernst. „Maar dat is niet van mij. We zouden toch in 'Alpenblick' gaan eten? Dat stond in je sms."

„'Alpenblick'? Hoe kom je dáár nou bij? Ik heb je alleen maar een berichtje teruggestuurd dat ik mee ging naar het ijsfeest. Als dat tenminste doorgekomen is. Ik kreeg steeds een foutmelding."

Samantha viste haar mobiel uit haar zak en haalde het sms'je op. „Kijk maar, je vraagt of ik mee ga naar het ijsfeest."

Ernst schudde langzaam zijn hoofd. „Dat heb ík niet

geschreven. Lijkt meer op een surprisedate." Hij staarde haar aan. „Ik heb jouw bericht jammer genoeg al gewist."

„Raar," mompelde Samantha. Als Ernst nergens van wist, wie had haar dat sms'je dan gestuurd? En dat kaartje? Wou er iemand lollig zijn? Of probeerde Ernst haar gewoon wat op haar mouw te spelden? Hij kwam haar wél ophalen, dus zo onwetend was hij nou ook weer niet.

Raar, waarom moest ze ineens aan Jorg denken? Volgens Merel had Jorg gister die bloemen gestuurd.

Om het weer goed te maken. Heus, Sam, hij heeft er hartstikke spijt van.

Maar Jorg kon hier niks mee te maken hebben. Toch? Die sms kwam van Ernst. Het was heus zijn nummer!

„Laten we eerst maar wat eten," stelde Ernst voor. „Gaan we daarna naar dat feest." Hij keek haar glimlachend aan. „Zorg ik voor *Glühwein* met appelmoes."

Samantha aarzelde. Ze had eigenlijk helemaal geen zin om alleen met Ernst te zijn. Stel je voor dat ze Jorg tegen het lijf zou lopen? Dan hád ze niks meer te kiezen.

De deur van de badkamer klapte open. Samantha schoot als een speer naar de gang en gooide de deur achter zich dicht. Merel had de vreemde gewoonte om halfnaakt de kamer in te lopen. En dat uitzicht kon ze Ernst maar beter besparen!

Ernst begreep dat Samantha haast had om weg te gaan. Hij pakte haar hand en probeerde haar met zich mee te trekken. Maar Samantha bleef stokstijf staan.

Help! Ze wist even helemáál niet meer wat ze wilde!

Ernst of Jorg?

Jorg of Ernst?

Wat moest ze nou doen?

Merel liep samen met Marlies naar de *Sport- und Freizeit-arena*, waar het ijsfeest werd gehouden. Ze voelde zich hele-maal super in haar geweldige, nieuwe skioutfit, die ze in het meest trendy boetiekje van Visp had aangeschaft.

Een mooie, getailleerde broek met nepbontrandjes, en een bijpassend jasje dat haar de uitstraling van een beroemd foto-model gaf.

In het afgelopen halfuurtje hadden al heel wat mannen lelijk hun nek verrekt omdat ze haar zo lang mogelijk wilden nakijken.

Ze glimlachte blij. Ja, áls Brandon er was, ging hij helemaal voor de bijl. En daar hoefde ze haar nieuwe kleren niet eens voor áán te houden, want ze droeg er niet alleen een trendy pakje onder, ze had ook nog een razend sexy, satijnen setje aan!

Van Marlies zou ze ook geen last meer hebben op Bran-don-gebied, want die was blijkbaar totaal hoteldebotel van haar nieuwe vlam. Merel trok een gezicht bij die rare gedach-te. Nou ja, zeg. Alsof ze ooit 'last' van haar verlegen zusje had gehad. Alle mannen kozen immers voor háár! Ook de spet-ters die eerst helemaal in Marlies verdiept geweest waren.

Hun roemruchte *Mister Right*-test werkte altijd in háár voordeel, daar was Marlies nog nooit aan te pas gekomen.

Ze lieten bij de controle hun kaartjes zien aan een leuke hunk die zijn ogen niet van Merel af kon houden, en stapten naar binnen.

Merel keek nieuwsgierig om zich heen.

„Waar is die nieuwe spetter van je? Die zou toch hier bij de ingang op je wachten?"

Marlies sprong op rood. „Die komt straks. Ga jij nou eerst maar even tegen Jorg zeggen dat het misgelopen is. Misschien kan hij Sam nog bellen of zo."

Merel trok een gezicht. Ze had Marlies uiteindelijk over de *fake*-sms'jes verteld, maar dat was helaas na het zoemertje geweest. Toen zij uit de douche kwam, was Sam er al met Ernst van tussen.

„Ga nou maar naar hem toe," drong Marlies aan.

Wilde Marlies haar kwijt of zo? Zag ze haar *lover* al staan, maar wou ze dat nog even niet met haar zus delen? Ze had ook nog steeds niet willen zeggen hoe hij heette.

Zeker bang voor de *Mister Right*-test, die Merel zeker weten op de hunk ging uitproberen!

Behalve natuurlijk als Brandon hier ook was. Dan moest Marlies het maar met haar vlammetje uitzoeken, want dan had Merel wel wat beters te doen.

Ze keek nog eens extra om zich heen, maar er liepen zo veel sportieve mannen met bruine haren rond, dat ze geen flauw benul had wie het hart van Marlies zo op hol had kunnen brengen.

„Oké," knikte Merel, „ik ben bij de worstkraam, waar die dan ook mag wezen. Zie je straks wel weer."

Ze liep haastig weg, maar kon het toch niet laten om een eindje verderop nog even snel om te kijken. Jammer genoeg was Marlies al nergens meer te zien.

Merel ging langzamer lopen. Ze wist wel iets leukers te verzinnen dan Jorg over haar blunder te gaan vertellen.

Ze had Marlies vanmiddag natuurlijk meteen in het weg-met-Ernst-complot moeten inwijden, maar ze was zo stinkend benieuwd geweest naar die nieuwe verovering van haar zus, dat ze daar al haar tijd mee had staan verknoeien. En daarna was ze uitgebreid gaan douchen, terwijl Sam ongehinderd de deur uit liep.

Nou ja, dat hoefde Jorg niet te weten.

Na een poosje van rondkijken, waarbij ze mateloos door de aanwezige mannen bewonderd werd, vond ze de worstkraam.

Daar stond Jorg ongeduldig van zijn ene op zijn andere voet heen en weer te wippen.

„En?" riep Jorg, zodra hij haar in beeld kreeg. „Waar blijft Sam nou? Ik sta hier onderhand al een uur in deze stinklucht misselijk te worden."

„Er is wat fout gegaan," bekende Merel. „Die doortrapte Ernst is Sam komen ophalen. Ik stond net onder de douche en Marlies wist nergens van, dus ja …"

Jorg zakte helemaal in. „Dat méén je niet," kreunde hij.

„Sorry," bromde Merel. „Ik kan het ook niet helpen. Het was waarschijnlijk toch niet zo'n geweldig plan."

„En daar kom je nu mee aan? Wat een doffe ellende. Ik kan die achterbakse vent wel wurgen!"

Merel knikte meelevend. „Daar kan ik me wat bij voorstellen, Jorg. Maar ik kan je niet vertellen waar ze nu zijn. Samantha is gewoon met Ernst de deur uit gerend zonder wat te zeggen."

Er kriebelde iets over Merels rug en ze kreeg ineens de onbedwingbare neiging om opzij te kijken.

Brandon! Daar had je Brandon! En zo te zien had hij haar ook in de peiling.

Mooi zo! Dan zou hij zo wel naar haar toekomen en kon ze hem gelijk even vragen waarom hij gister niet was komen opdagen. Nee zeg! Hij draaide zich om. Had hij haar dan toch over het hoofd gezien?

Ze trok haar neus op. Dat was geen optie. Dan was hij de enige man hier die haar niet zag staan. Of hij dacht dat ze met Jorg was en wilde zich niet opdringen.

„Ik ben wieberen," flapte Merel er haastig uit. „Probeer Sam anders even te bellen. Succes ermee. Ciao."

Zonder op Jorgs antwoord te wachten, rende ze als een gek achter Brandon aan en greep hem bij zijn mouw.

„Hi Brandon," hijgde ze. „*Nice to see you!* Dat is ook toevallig."

Brandon knikte lachend en Merel zag zijn ogen goedkeurend over haar outfit glijden.

Mooi zo! Die had ze aan haar haakje! Nu was het alleen nog een kwestie van het smakelijke karpertje héél voorzichtig binnenhalen.

***

Marlies had Brandon ook gezien, maar toen ze haastig naar hem toe wilde lopen, flitste er ineens een soort tornado langs haar heen.

Merel?

Nee hè, had Merel Brandon ook in de peiling?

Ja dus.

Marlies bleef staan en keek naar het akelige tafereeltje dat zich voor haar ogen afspeelde.

Merel trok Brandon aan zijn mouw en toen hij zich omdraaide, keek ze hem stralend aan.

En Brandon lachte terug. En hij had zo'n blik in zijn ogen. Zo'n hongerige glans, terwijl hij Merel van top tot teen vol bewondering stond te bekijken.

Merel zag er natuurlijk ook helemaal gewéldig uit. Ze was net een trendy fotomodel dat van de cover van een dure *glossy* was gestapt ...

En zij, Marlies? Zij had gewoon haar oude kloffie aan, want iets anders zat er nou eenmaal niet in haar koffertje.

Marlies voelde hoe haar ogen verdacht begonnen te branden en ze slikte moeilijk. Merel had het wéér voor elkaar. Binnen drie tellen had ze Brandon compleet ingepalmd. En zij, Marlies, had nog wel héél even gedacht dat ze misschien een kansje bij hem maakte ...

Wat stond ze nou dom te blaten? Ze wilde Brandon immers niet? Ze had hem toch van zich afgeduwd omdat ze hem niet wou delen met al die hysterische fans?

Ze snufte en viste een tissue uit haar zak.

Ze was smoorverliefd op Brandon. Ze had haar best gedaan om dat gevoel weg te drukken, maar het was veel sterker dan zij. Sinds ze op het station van Keulen in zijn prachtige ogen had gekeken, had ze steeds maar aan hem gedacht. En toen ze hem had teruggezien, waren die gevoelens alleen maar gegroeid.

Hij was zo lief geweest vandaag, toen ze zo over Merel in de rats hadden gezeten. En op de terugweg in dat busje hadden ze samen zo geweldig kunnen lachen. Ze had écht even het idee gehad dat zij en Brandon bij elkaar hoorden. Ze was zó verschrikkelijk verliefd!

Echt verschrikkelijk …

Terwijl Marlies haar maag voelde krampen, gaf Brandon Merel een hand en vervolgens liepen ze innig naast elkaar de menigte in.

Weg …

Ze was Brandon kwijt!

***

Jorg stond de wegspurtende Merel hevig balend na te kijken.

De ludieke actie om zijn vrouw terug te krijgen was helemaal in de soep gedraaid, omdat die achterbakse Zwitserse kalfslap Sam uit haar hotel had opgehaald.

Waarom was dat brok ongeluk niet keurig naar 'Alpenblick' gegaan, zoals hem was gevraagd? Daar lag toch een briefje voor hem klaar? En dan had die vent op Sam kunnen wachten tot hij een ons woog.

Wel alle gloeiende! Nou was hijzélf degene die straks aan ondergewicht ging lijden. Wat moest hij nou doen? Sam bellen? Maar dat had hij al twee keer geprobeerd en haar mobiel stond uit.

Jorg knarste met zijn tanden van kwaadheid. Hij voelde

zich zo machteloos! Wie weet wat die ellendelijer op dit moment allemaal met zijn Sammetje lag uit te spoken!

Over uitspoken gesproken ... Stond Merel daar nou een vent af te likken? Maar dat was toch de nieuwe vrijer van Marlies? Of had hij dat mis?

Jorg zag zijn schoonzus in de richting van de ijsbaan lopen en zonder te beseffen wat hij deed, liep hij het stel achterna.

Ja, dat was wel degelijk de nieuwe *lover* van Marlies.

Jorg schudde zijn hoofd. Dat was weer typisch Merel. Altijd de kerels van haar zus inpalmen en ...

Hij kneep zijn ogen samen en er ging een steek van opwinding door hem heen.

Daar was Sam aan het schaatsen! Ze lag helemáál niet bij die vent in bed! Tenminste, nu niet. En *Mister Hansworst* was nergens te bekennen. Misschien had hij nog een kans!

Zonder nog ergens op te letten, spurtte Jorg het ijs op en stormde naar zijn vrouw toe.

Maar ja, ijsvloeren hebben de vervelende gewoonte om spekglad te zijn en daar kwam Jorg algauw achter.

Toen hij wilde afremmen om Samantha onverwacht in zijn armen te nemen, gleed zijn schoen weg en Jorg maakte een duikeling die beslist in aanmerking kwam voor een eervolle vermelding in het *Guinness Book of Records*.

Twee tellen later lag hij op zijn knieën voor Samantha.

„Sam!" brulde Jorg. „Sam, het spijt me zo. Ik val ontzettend voor je. Ik bedoel ..."

***

Merel was even haar make-up gaan bijwerken, maar toen ze door de drukke menigte terugliep naar Brandon, was die opeens nergens meer te zien. Hoe kon dat nou? Waar was Brandon ineens gebleven? Hij had daarnet nog gezegd dat hij hier op haar zou wachten. Toch?

Ze zuchtte diep. Brandon had er wel een handje van om steeds maar te verdwijnen, zeg. En zij was het sukkeltje dat in zijn mooie ogen had staan verdrinken en daardoor zijn mobiele nummer nog steeds niet wist. Dat was dus het eerste wat ze hem ging vragen zodra ze hem weer in beeld kreeg!

Terwijl ze speurend om zich heen stond te kijken in de hoop dat Brandon misschien ook hoognodig naar het toilet had gemoeten en dadelijk op een holletje naar haar terug zou komen rennen, duwde iemand een stel kunstschaatsen in haar handen.

„Hoi, mooi meisje," piepte een hese stem in perfect Nederlands. „Zullen we schaatsen?"

Merel keek stomverbaasd naar de vreemde kerel die opeens naast haar stond. Hij had een soort versleten oranje poncho aan, een donkere zonnebril op zijn neus en zijn gitzwarte krullen glansden van de vette gel.

Nee hè? Begon het nou wéér? Was ze net met goed fatsoen van die irritante ik-ben-de-beste-schansspringer-aller-tijden oftewel Snor verlost, deed *Mister Vetkuif* zijn intrede.

„Zullen we schaatsen?" herhaalde de man.

Schaatsen? Met dat stuk glibberpaling? Hoe kwám hij erbij?

„Nee hoor, dankjewel. Ik héb al gegeten," zei Merel kordaat. Ze duwde de vent de schaatsen weer in handen en draaide zich om.

Maar Vetkuif was duidelijk van het volhouderstype.

„Hoe heet je dan, mooi meisje?" hoorde ze hem achter zich vragen.

„Dat gaat je geen snars aan, viespeuk. Ga je haar eens wassen, zeg!"

Ze liep haastig van hem weg en ging vol goede moed weer op zoek naar Brandon. Maar na een kwartier van doelloos rondlopen, kreeg ze daar schoon genoeg van.

Brandon dook straks vanzelf wel weer een keertje op, ze ging hier haar avond niet lopen verpesten.

Die lelijke Vetkuif van daarnet had haar wel op een idee gebracht. Zij ging lekker schaatsen. Niet met hem natuurlijk, maar er dook vast wel weer ergens een leuke man op.

Ze was ontzettend dol op schaatsen, maar helaas kon dat in Nederland maar zelden. Of er lag de hele winter geen ijs, óf ze moest net werken als iedereen aan de zwier ging.

Ze liep naar de balie waar schaatsen werden verhuurd en stapte even later met een stel gitzwarte noren de enorme vierkante openluchtijsbaan weer op.

Het zag er hartstikke tof uit. Dat was haar daarstraks eigenlijk niet opgevallen omdat ze zo druk met Brandon bezig was geweest.

Overal waren mensen lekker aan het rondzwieren of aan het kletsen. Het enige minpuntje was een Zwitserse fanfare, die van af een houten podium met hun glanzende, koperen trompetten iedereen op oubollige jodeldeuntjes trakteerde.

Nou ja, dit was Zwitserland. Daar moest ze maar even tegen kunnen.

Terwijl ze op een bankje langs de kant haar schaatsen aan trok, schoof er ineens iemand naast haar.

Nee hè, daar had je die irritante Vetkuif weer!

„Schaatsen?" piepte Vetkuif opgewekt.

Merel onderdrukte de neiging om de vent een por te geven en ze schoof geroutineerd een stukje van hem weg.

„Ik ga inderdaad schaatsen, maar niet met jou."

Ze trok de lus van haar veter stevig aan en kwam voorzichtig overeind. Die eerste paar stappen op het ijs waren altijd weer even lastig.

Nog geen tel later voelde ze een hand op haar arm en Vetkuif stond naast haar. Ook al op noren.

„Kom, we gaan!" zei hij.

Merel rukte zich fanatiek los. „Heb je rookworst in je oren

of zo? Laat me met rust, anders roep ik de beveiliging."

„Zoals je wilt," reageerde Vetkuif. Zijn stem klonk ineens heel anders, maar Merel was intussen zo sacherijnig dat het haar niet opviel.

Ze schoot het ijs op en schaatste weg. Als hij haar nou maar niet achterna zou komen om de macho uit te hangen! Ze was die belachelijke actie van Snor nog niet vergeten!

Bah, waarom moest ze toch altijd zo'n last van die ellendige mannen hebben?

Er schoot haar iets te binnen en haar gezicht sloeg op onweer. Ze had twee weken geleden een vaag rimpeltje op haar voorhoofd ontdekt! Natuurlijk was ze dat meteen met een stevige *repair*crème te lijf gegaan, maar toch …

Had Brandon daarstraks die rimpel ook gezien en was hij er daarom ineens vandoor gegaan?

Nee toch? Begon ze haar *flirting skills* te verliezen?

Hellup! Ze werd oud! Straks kwamen er alleen nog maar lelijkerds op haar af!

Merel schaatste in een heftig tempo de hele baan rond en algauw kreeg ze haar goede humeur weer terug.

Die vervelende Vetkuif was nergens meer te zien en het ijs was werkelijk heerlijk! Eigenlijk ontbrak er alleen een goeie 'Koek-en-Zopie' langs de kant. Ze kreeg toch zo'n zin in hete chocomel met slagroom!

En daar mocht ze zichzelf best eens lekker op …

Krijg nou een maagverzakking!

Daar had je Marlies! Met …

Nee toch? Dat zag ze toch niet goed? Was dat Vetkuif?

Wel alle slagroomtaarten!

Marlies schaatste met Vetkuif! Hand in hand, nota bene.

Dat was toch helemaal de limit met die kerel! Liet hij háár eindelijk met rust, nam hij haar zusje in de houdgreep!

Nou, mooi niet. Ze zou Marlies wel even gaan helpen om van dat opdringerige stuk zoute haring af te komen.

Ze sjeesde Marlies en Vetkuif als een speer voorbij, hield in en maakte daarna een prachtige draai, die helemaal volgens het boekje verliep. En toen stond ze met haar handen in haar zij strijdlustig voor Vetkuif, die haastig snelheid minderde.

„Wat moet dat met mijn zusje?" riep ze fel. „Laat haar onmiddellijk los!"

Tot haar verbazing begon Marlies te grinniken en ook Vetkuif scheen het allemaal erg grappig te vinden.

Wat was hier aan de hand? Waar waren die twee mee bezig? Had ze iets gemist?

„Zo, Mereltje," zei Vetkuif met een brede grijns. „Ik moet je helaas vertellen dat je als een baksteen voor de *Princess Right*-test gezakt bent. En bij de herkansing ging je ook weer grandioos de mist in."

Merel staarde Vetkuif met open mond aan.

Die stem ...

Die had hetzelfde prachtige, donkere geluid als de stem van Brandon.

Raar hoor, dat was haar nog niet eerder opgevallen. Zo'n lelijke vent en dan zo'n geweldige, puur mannelijke stem.

„Wat kwaak je nou over een *Princess Right*-test, engerd?" vroeg Merel, maar Vetkuif gaf geen antwoord.

Hij trok grinnikend de ranzige pruik van zijn hoofd en zette zijn zonnebril af.

Merels mond viel open van verbazing en ze staarde ontzet naar het overweldigende uitzicht.

Die vieze vent ... Dat was Brandon!

„Brandon? *What the heck are you up to?*" stotterde Merel, maar Marlies gaf haar een vriendschappelijk klopje op haar schouder.

„Hij spreekt Nederlands, hoor."

„Hij spreekt Nederlands? Maar ..."

Dat was niet waar! En zij had laatst haar zogenaamde menstruatieproblemen met haar zussen besproken waar hij bij stond! Wat een afknapper!

„Snap je nog steeds niks van mijn *Princess Right*-test, Mereltje? Ik had je slimmer ingeschat."

Merel begreep ineens maar al te goed waar het allemaal om draaide en de vlammen begonnen haar uit te slaan.

„Oké, dat van vandaag, dat snap ik. Maar … Wanneer heb ik je dan nog meer gemist?"

„Gister, in de 'Londoner Bierstube'."

„Dus je was er wél? Maar ik heb absoluut nergens een Vetkuif zien dansen." Ze keek hem taxerend aan. „Maar ja, ik let natuurlijk ook nooit op …"

„Op vieze kereltjes," maakte Brandon de zin grinnikend voor haar af. „Ik stond de hele avond op het podium. Te zingen."

„Jij bent de leadsinger van *Just Help Yourself*?" stamelde Merel en toen ging haar een lichtje op.

„Dus dáárom had je zo overdreven veel sjans met die meiden. En zij …" Merel wees op Marlies, die er werkelijk stralend bij stond. „En zij heeft je er wél uitgepikt?"

Brandon knikte opgewekt. „Ja, Marlies zag meteen dat ik het was."

Hij sloeg zijn arm om Marlies heen en kuste haar. „Marlies gaat de komende weken met onze band mee op tournee door Zwitserland. We willen elkaar graag veel beter leren kennen, *right my love*?"

My love … Nee toch! Het was wel duidelijk wie hier de strijd gewonnen had! En dat was zij dus niet …

Er kwam een intens gelukkig lachje op het gezicht van Marlies en ze knikte blij.

Daarna keek ze Merel wat aarzelend aan. „Je moet iemand anders zoeken voor de beautysalon. Ik kom niet meer bij je werken. Sowieso niet meer."

Merel onderdrukte een diepe zucht en ze moest ook alle

mogelijke moeite doen om niet van pure ellende op haar nagels te gaan staan knagen.

Daar had haar verlegen zusje de leukste spetter van de eeuw zomaar voor haar neus vandaan gepikt. Hoe was het mogelijk?

En het was wel duidelijk dat ze met haar zelfbedachte *Mister Right*-testje ook niet meer uit de brand zou raken.

Hoe het kon, snapte ze voor geen kilometer, maar Brandon wist de twee M & M's dus precies uit elkaar te houden.

Oh shit! Dat kwam natuurlijk door die rottige rimpel op haar voorhoofd! Zodra ze thuis was, liet ze een facelift doen!

***

Samantha keek hoofdschuddend naar haar stotterende wettige echtgenoot, die weer eens letterlijk uit de lucht was komen vallen.

Wat zag hij er lief uit! Hij leek precies op hond Bo. Die kon net zo onschuldig kijken als hij weer eens een kip van het aanrecht had gepikt.

Er ging een golf van warme liefde door Samantha heen. Ze had het goed gedaan. Jorg was de man waar ze écht van hield, waarmee ze verder wilde voor de rest van haar leven.

„Hé, Jorg," zei ze schor. „Ik heb vanavond met Ernst nog een hapje gegeten. En afscheid genomen. Ik hou van jou. Alleen van jou."

Ze zag zijn schouders naar beneden zakken, alsof er ineens een enorme last van hem afviel. Hij lachte naar haar en krabbelde overeind.

„Sam, ik heb me zo vreselijk aangesteld. Jij bedenkt een verrassingsvakantie en ik …" Hij staarde schuldbewust naar het ijs.

„Het was ook míjn schuld." Samantha stak haar handen naar hem uit. „Ik wist best dat jij niet van kou houdt, maar ik had zo'n zin om te gaan skiën en … Nou ja, het is hartstikke lief van je dat je ons achterna bent gereisd."

Ze voelde zijn warme armen om haar heen en ze kroop dicht tegen hem aan. Ze hield van Jorg. Ze wou hem niet kwijt. Nooit meer.

„Zullen we …" begon Jorg.

En Samantha wist al precies wat hij wilde gaan zeggen.

Zullen we naar het hotel gaan en een lekker potje vrijen?

Ze glimlachte blij. Daar had zij ook hartstikke zin in.

„Ja, ik verlang ontzettend naar je," zei ze op precies hetzelfde moment dat Jorg zijn zin afmaakte.

„Zullen we daar een glaasje Glühwein op nemen? Met appelmoes?"

Ze keken elkaar aan en schoten allebei in de lach.

Een bevrijdende lach, waarin alle spanning die er tussen hen geweest was, helemaal oploste.

„Laten we maar met de Glühwein beginnen," stelde Jorg voor. „Ik bewaar het lekkerste graag voor het laatst."

Samantha gaf hem een vriendschappelijke por. „Mijn idee," lachte ze vrolijk.

Jorg nam haar gezicht tussen zijn handen en terwijl hij haar vol hartstocht kuste, barstte er boven hun hoofd een spetterend vuurwerk los.